# Fes-te gran

Narrativa, 404

# Ben Brooks
# Fes-te gran

Traducció d'Ernest Riera

Editorial Empúries
Barcelona

Títol original: *Grow up*


Publicat per acord amb Canongate Books Ltd, 14 High Street,
Edinburgh EH1 1TE.

Primera edició: novembre del 2011


Editorial Empúries
info@grup62.com
grup62.com

Fotocomposició: Víctor Igual
Impressió: Grafos
DIPÒSIT LEGAL: B. 33.785-2011
ISBN: 978-84-9787-745-9

OH, ENS ENGANYEM PENSANT QUE FOLLAR
TÉ FUTUR, PERÒ EL FUTUR SE'NS FOLLARÀ

*We are beautiful, we are doomed*
*(Som bells, estem condemnats)*,
Los Campesinos!

PRIMERA PART

# SEXE VERMELL I PETITES MORTS

# CAPÍTOL I

SÓN LES 2.46 AM I NO ESTIC ADORMIT. L'insomni pot venir provocat per una glàndula tiroide superactiva, diabetis, tics musculars violents, per un àpat pesant o un consum excessiu de cafeïna. També pot venir provocat per l'estrès. Estic estressat perquè penso en el Keith i en com va assassinar la seva exdona.

Vaig a www.girlsoncam.com, entro amb el nick «Mr. Dur» i clico «entrar sala».

Tu: Ei
Sexythai: Hola guapo, vas calent?

Sexythai és baixa i molt prima. Té la pell del color del te aigualit i els ulls verd oliva són desproporcionadament amples. S'està en un divan arnat que tremola quan belluga la pelvis.

Tu: I tant
Sexythai: Fem un privat?

Privat és quan pagues diners per veure la noia només tu i ella, i li pots dir que s'hi fiqui el dit o que cridi el teu nom repetidament o que faci veure que és la teva profe d'art. Jo no pago per fer un privat amb les noies. Si tens tacte a vegades pots aconseguir que t'ensenyin un mugró o et deixin veure una mica de clítoris sense pagar res.

Sexythai: Guapo?

Pausa.
Sexythai fa servir les mans per fer-me parar atenció al seu entrecuix. Es ven a ella mateixa perquè, tot i una ràpida industrialització, Tailàndia encara és un país endèmicament pobre.
No sé què faig.
M'avorreixo.
Sóc una sitja de gra, enorme i buida.

Tu: Ets budista?

Segur que ho és. El 95 % dels tailandesos són budistes.

Sexythai: Sí.

Ho sabia.

Tu: Theravada?

Pausa.

Sexythai: Sí, fem privat guapo
Tu: Això ho podria buscar a la Viquipèdia.

Pausa.

Sexythai: Mira això

Es treu un mugró totalment no erecte de la copa dels sostenidors i comença a estrènyer la teta en direcció cap a mi. Em sento vagament intimidat però disposat a continuar.

Tu: Com et dius?

Pausa.

Sexythai: Et vull a dintre guapo
Tu: no diguis això, no facis malbé l'atmosfera
Sexythai: fem un privat
Tu: A mi m'agrada així, no és tan car

Pausa.

Tu: Com està el canvi de lliures a bahts?

Ella desconnecta.

Apunto «Mr. Dur» i «Sexythai» en un paper perquè tinc la impressió que hem desenvolupat una connexió especial i m'agradaria tornar a parlar amb ella una nit. Potser la rescataré de la pobresa de Tailàndia i ens casarem. Marco la categoria «oriental» com a preferida. No s'haurien de tenir preferits. El papa era el meu preferit.

El Keith és un assassí.

El papa no ho era.

## CAPÍTOL 2

MATÍ. 8.35 AM. Sóc a la meva finestra mirant el jardí. El Keith és a fora, fent un massatge a la terra. Segurament s'imagina que la terra és la pitrera d'un cadàver humà. Segurament s'amorrarà a la terra d'aquí a un moment.

Damunt seu, el cel està estratificat com un gelat napolità. Salmó. Ambre. Sèpia. Es fonen i es barregen els uns amb els altres. Salmaómbersèpia. La meva habitació fa pudor de cervesa i tabac i paper. El vidre fa pudor de pols i de sol vell atrapat. Els ocells flirtegen entre els núvols.

Engego el portàtil i entro al Facebook. Em diu que la Georgia Treely està connectada al xat del Facebook.

La Georgia Treely segurament no està connectada al xat del Facebook. El xat del Facebook m'enganya. La Georgia Treely va a la meva classe de Psicologia. Jo vull tenir una relació sexual amb la Georgia Treely però no puc perquè creu en Jesús i la seva mare compra a Waitrose. El millor que puc esperar és una rebellió adolescent contra els valors de casa seva. Si això passa mai, m'oferiré com a mitjà per a la revolta. Quan el meu penis penetri la seva vagina, ella estarà pensant en l'odi que sent per la seva mare i en l'hora injusta que la fan tornar a casa a la nit.

No he parlat mai amb la Georgia Treely.

Obro una finestra de xat.

Jo: hola
Jo: hola
Jo: hola
Jo: hola
Jo: perdona
Jo: hola
Jo: hola
Jo: no hi ets
Jo: llegiràs això igualment?
Jo: potser no
Jo: no
Jo: hola
Jo: vale
Jo: mer

La Georgia Treely s'ha desconnectat.

Tanco el portàtil i agafo roba de terra. El Keith fa carícies a les males herbes del jardí. Gairebé és hora de veure la Tenaya.

+

Estic segur que el Keith és un assassí. Si et mires el seu historial de prop es veu que la seva exdona simplement desapareix, i ell se'n beneficia, d'això. Margaret Clamwell. Descansi en pau.

Sé que el Keith és un assassí pel següent:

1. Acords de divorci

Quan el Keith va «deixar» la Margaret Clamwell no hi va haver cap procés brutal de divorci i ell va sortir del matrimoni sense perdre res de res. El Keith es va quedar amb tots els béns líquids i no líquids. Això vol dir que va conservar la casa i el seu Triumph TR 250 del 1968 i tots els plans de pensions i els fons d'inversió (què és això, ben bé?). Els acords de divorci no funcionen d'aquesta manera. En un matrimoni que no acabi en assassinat, una part es quedarà els béns líquids i l'altra, els béns no líquids. El Keith només s'hauria pogut quedar amb totes dues menes de béns si hagués assassinat la Margaret Clamwell. Cosa que va fer segur.

2. Monticle sospitós

El Keith vivia en una urbanització que es deia Sarahdale. La casa que compartia amb la Margaret Clamwell era el número 7 de Huntington Lane. Si vas a aquesta casa a altes hores de la nit amb un passamuntanyes i una llanterna a la mà, trobaràs un monticle altament sospitós a sota d'una pomera molt poc entusiasta. També et perseguiran i t'amenaçaran els actuals residents de la casa. Aquí és on el Keith va enterrar la Margaret Clamwell.

3. Tipus corporal

El Keith té un tipus corporal mesomorf; és musculós i dur. William Sheldon va fer uns estudis als anys quaranta en els quals demostrava que el temperament dels mesomorfs els podia empènyer a cometre crims. El Keith també porta un bigoti com un manillar de moto i no li costaria gens trobar feina en un bar gai. Els gais assassinen molt, com «El Doctor de la Mort». El Keith és un Doctor de la Mort. El Keith és un assassí.

4. Infantesa i formació

El Keith venia d'una «família desestructurada». El pare li pegava i la mare prenia heroïna i la germana va fugir de casa per fer de falsa prostituta en un circ gòtic. Això ho sé perquè al Keith li agrada dir-me que porto una vida regalada i la compara amb la seva infantesa immediatament després que hagi passat qualsevol cosa agradable. A vegades tinc la impressió que li agradaria desestructurar la meva família només per donar-me una lliçó. El Keith també és notablement poc intel·ligent. Aquests dos fets són factors de risc a l'hora de desenvolupar tendències criminals. Això vol dir que no s'ha de carregar la culpa al Keith pel que va fer, però sí que se li ha de tenir por perquè et podria assassinar. És per això que he d'allunyar el Keith de la mama.

5. Confessions

Al Keith li agrada deixar anar pistes subtils sobre l'assassinat de la seva dona fent servir frases tòpiques relacionades amb l'homicidi. Algunes de les coses que ha dit quan s'ha parlat de la Margaret Clamwell són «ara ja està tot mort i enterrat» i «l'hauria pogut matar». Jo sé que la vas matar, Keith. El Keith és un assassí.

+

Estic provant d'explicar totes aquestes proves a la Tenaya, un altre cop. És divendres i estem asseguts a Lily's, als sofàs còmodes i apedaçats de la finestra. La finestra dóna a un carreró prim fet de retalls on hi ha una botiga que ven sabó de lavanda i bombes de bany, i una botiga que ven taulers *ouija*, llibres budistes i encens. Hi ha un pot de te que perd vapor entre tots dos i no tenim cigarrets a les mans perquè el govern ho ha prohibit. Aquest any ha estat un mal any per les coses bones.

—No en pots estar segur —diu ella—. Encara no. Espera una mica, recull més proves.

—Amb aquestes proves n'hi ha de sobra —dic jo—. És claríssim que ho va fer.

La Tenaya és una persona molt pràctica. Es pensa

molt les coses. Per aquesta raó, la Tenaya no està del tot convençuda de la culpabilitat del Keith, o no està del tot convençuda que la policia pugui estar del tot convençuda de la culpabilitat del Keith. És per culpa d'un o altre d'aquests dos pensaments que encara no s'ha compromès del tot amb la meva causa.

—La podríem exhumar? —diu la Tenaya.

Me la miro fixament. Tinc els ulls ben oberts i excitats. No puc entendre per què no se m'havia acudit abans. És la solució perfecta al problema de com incriminar el Keith. Desenterrarem el cos, trucarem a la policia, i després la mama estarà sana i estàlvia i el Keith estarà ben empresonat.

—Cony —dic jo—. Sí. Hi hauria d'haver pensat. Quan?

—Haurà de ser un dissabte o un diumenge. Demà no pot ser per la teva festa i el cap de setmana que ve no pot ser per l'excursió de Psicologia. Hauria de ser o el 24 o el 25, em sembla.

Ara li somric amb totes les dents. Estic excitat perquè es faci justícia i també perquè arreplegarem un cadàver. Un ésser humà mort de veritat. Un ésser humà que el Keith va matar, potser amb les seves pròpies mans o amb un ganivet de cuina o amb una escopeta retallada o amb verí. Potser hi haurà un cràter al crani de la Margaret Clamwell, al lloc on ell la va colpejar amb un llum de taula o amb el seu trombó i potser també tindrà les cames fracturades perquè ell les hi va trencar perquè no pogués fugir corrent. La policia descobrirà totes aquestes coses a l'autòpsia però jo les descobriré primer.

Paguem el te i anem a peu a Imran's. Imran's és una botiga que porten diversos homes indis, i tots asseguren que es diuen Imran. Hi anem a comprar alcohol i cigarrets perquè mai no demanen el carnet o són susceptibles de deixar-se convèncer que passem de l'edat. Tenim disset anys. Arma secreta: pits.

Avui hi ha l'home llardós que té els ulls molt sortints i plens de venetes. Està «llegint» una revista (porca) darrere el taulell, i l'amaga de seguida quan entrem.

—Hola —diu la Tenaya—. Vint-i-cinc grams de Gold Leaf i un litre de Chekhov, sisplau.

L'home llardós ens examina a tots dos. Els ulls li sobresurten encara més del crani. Em plantejo acostar-m'hi i fer-hi pressió amb els dits per tornar-los a lloc, i després dir-li que ara ja és lliure per portar una vida normal.

—Teniu carnet? —pregunta ell. La seva veu és com el motor d'un Citroën vell.

—Perdó?

—CARRRNET?

—Vaaal, va, d'acord. A veure si el porto. —La Tenaya es remena les butxaques per buscar el carnet de conduir que no té.— No el porto. Merda. Me'l dec haver deixat al cotxe. Ara m'hi vol fer tornar a buscar-lo?

L'home posa cara d'estar molt nerviós.

Em mira a mi.

—CARRRNET? —crida.

—Em sap greu, portar documentació va en contra dels meus principis. Si en portes, és que acceptes voluntàriament un estat totalitari.

L'home parpelleja.

No he aconseguit calmar-li els nervis.

Es torna a mirar la Tenaya. La Tenaya s'inclina cap al taulell i es pressiona els pits amb els braços. Es passa la llengua pel llavi superior. Jo ric. Reconverteixo la rialla en una tos. La tos em torna a sortir de la gola en forma d'una altra rialla.

L'home sospira.

—Pròxima vegada porteu carnet. Prometeu això Imran. Mai més torno a fer això, queda clar?

Fem que sí. La cobdícia derrota la responsabilitat social. Tothom hi surt guanyant.

Posa el vodka a dins d'una bossa blava de plàstic i dóna el tabac a la Tenaya.

Paguem i fora.

De moment els plans del dia es desenvolupen bé. Si en Ping lliga les drogues per demà i es presenta la gent que toca, la festa anirà bé. Si alguna cosa ha anat bé, vol dir que he follat, m'he emborratxat i m'he fotut prou droga per sentir els efectes que ens va descriure el senyor Gates a la classe d'Educació Sanitària Social Personal. Tinc prou confiança que tots aquests criteris quedaran satisfets. L'únic criteri que escapa del meu control és el primer de tots, encara que això serà relativament fàcil d'assegurar en el cas que hi vinguin prou noies. Si dispares prou bales, com a mínim una farà blanc, potser més. Sempre és excitant.

Amb les necessàries provisions personals a bord, pugem a l'autobús d'Elsmere, on la mama i el Keith es preparen per a la visita que faran als pares del Keith a Cornwall. Fan una festa al pub per celebrar cinquanta anys de casats. Segurament no hi voldrien pas el seu fill, a la festa, si sabessin la veritat: que és un assassí. Després la mama tampoc hi hauria d'anar, cosa que li convindria perquè segurament la festa serà una merda. El Keith s'emborratxarà, li dirà que l'estima, la convencerà perquè faci sexe anal amb ell i després la matarà. Espero que no la mati. Si ho fa, tindré proves concretes de la seva culpabilitat. Ambivalència. Potser ell provarà de deslliurar-se del càrrec d'assassinat declarant que la mort de la mama va ser conseqüència d'un experiment sexual que va sortir malament. La gent a vegades fa aquestes coses, ho he vist a les notícies.

—Hola, Jasper. Tenaya, maca, com estàs? —diu la mama. S'està barallant per fer entrar una maleta al maleter del nostre Volvo color mostassa.

—Molt bé gràcies, senyora Wolf —diu la Tenaya. Quan parla amb la meva mare, la Tenaya fa servir una veu que ha robat d'una nena que surt a l'adaptació televisiva d'una novel·la de Dickens.

—Me n'alegro —diu la mama—. Jasper, ja has escrit el teu programa per a demà?

A la mama li agrada escriure un programa de treball per a cada dia. La Tenaya diu que és perquè és advocada. Jo no sé si és advocada o no. Té un maletí i una Blackberry. A Psicologia ens van ensenyar que els trets de caràcter retentiu són el resultat de la manca d'indulgència durant la fase anal del desenvolupament psicosexual. La mama elabora programes de treball diaris enormement detallats i després pateix atacs de pànic quan se li retarda tot perquè ha d'anar al lavabo o perquè rep una trucada de telèfon. Quan aquests atacs de pànic li passen, els seus programes de treball han quedat afectats tan greument que ella sent la necessitat d'escriure'n de nous. La nostra casa és plena de programes de treball (increïblement avorrits).

Aquest és un exemple hipotètic:

8.00-8.03 Despertar, aixecar del llit, dir al Keith que es llevi.

8.03-8.10 Rentar dents, anar al vàter, fer esforç conscient per produir femta pudent.

8.10-8.45 Esmorzar. Animar el Jasper perquè escrigui un programa per al dia. Preguntar incessantment al Jasper per deures, noies, drogues i tabac. Intentar dissuadir el Jasper que es posi més d'una cullerada de sucre al te. Informar el Jasper que m'ha decebut moltíssim. Anar a treballar.

Aquest és un programa per al matí. La mama escriu tres programes cada dia: un programa de feina, un programa de vespre i un programa per al matí de l'endemà.

Em burxa constantment perquè escrigui programes de treball. En època d'exàmens i quan és fora de casa *m'obliga* a escriure programes. Ara passen totes dues coses, i per tant, és inevitable que hagi d'escriure un programa de treball. N'escric dos per fer-nos contents a ella i a mi.

Aquest és el programa que ensenyo a la mama:

Programa d'estudi (per a la mama)

7.00 am - Aixecar-me, bon dia! Esmorzar dos Weetabix (sense sucre).

7.30 am - Estudiar, algun dia donaré les gràcies a la mama!

11.00 am - Teràpia

12.30 am - Estudiar més

6.00 pm - Sopar lasanya i mongetes, prendre drogues (és broma, mama!)

7.00 pm + Veure The History Channel/National Geographic/Discovery/altres canals de televisió educatius però emocionants per relaxar-me abans d'anar al llit a les 10.00 pm.

Repetir.

Aquest és el programa que m'escric per a mi mateix:

Programa d'estudi (per a mi)

8.00 am - Aixecar-me, si em dóna la gana. Esmorzar te, quatre sucres i un cigarret.

9.00 am - Veure el Jeremy Kyle

10.00 am - Banyar-me. Llegir el *Mein Kampf* mentre em banyo, compte que no em caigui a l'aigua!

11.00 am - Teràpia

12.15 am - Anar a buscar el Ping

12.30 am - Parlar amb la Tenaya dels detalls de la festa. Passar l'estona.

4.00 pm - Apartar objectes fràgils. Dipositar cendrers sobre diverses superfícies. Deixar palanganes de plàstic al costat dels llits i els sofàs.

6.00 pm - Sopar fideus al curri precuinats. Prendre drogues (em sap greu, mama!)

8.00 pm - Donar la cordial benvinguda als convidats i acceptar llaunes de cervesa i cigarrets gratis.

9.00 pm + Diversió desestructurada

No repetir.

—Et quedes aquesta nit, Tenaya? —pregunta la mama.

—Sí, si no li fa res.

—És clar que no, però digues als teus pares on ets.

—Sí, senyora Wolf.

—I no pot venir ningú més.

—Sí, mama.

La mama em fa un petó al front i em diu que m'estima.

—Passeu-vos-ho bé i comporteu-vos bé —diu, mentre puja al nostre cotxe.

—Fins després, tros d'home —diu el Keith.

—Sí.

El Keith sovint utilitza col·loquialismes curiosament positius i paternalistes quan es dirigeix a mi. En les ocasions en què es dirigeix a mi, el meu monòleg interior es revoluciona, i repeteix contínuament la paraula ASSASSÍ en la veu d'una mestressa de casa de mitjana edat petrificada pel terror. És irònic que el Keith faci servir tantes expressions amistoses perquè de fet és un home brutal i sense cor.

La mama em va dir una vegada que no entenc la ironia, cosa força irònica, perquè en aquells moments tenia a les mans un paquet de bastonets de lluç congelats.

No, de debò, això era un acudit. Només volia descarregar una mica l'ambient.

La Tenaya i jo mirem com s'encongeix el cotxe fins que desapareix, i després ella fa un parell de cigarrets per a tots dos i entrem a dintre.

—Vénen els nanos de Layton Hill? —pregunta ella. Jo m'arronso.

—Ve el Tom? —pregunto jo. Ella s'arronsa.

—Va dir que vindria.

El Tom és el nòvio de la Tenaya. Porta jerseis de punt irònicament i unes ulleres negres de plàstic enormes. A vegades quan parla el Tom, puc posar-me en el lloc del Keith i començo a creure que podria haver tingut una raó vàlida per assassinar la Margaret Clamwell amb el seu trombó. A la Tenaya només li agrada perquè té uns pòmuls com les vores d'un transportador d'angles.

—Val més que aquesta vegada siguis més civilitzat, Jasper —m'adverteix. L'última vegada que vam anar a una festa amb el Tom, jo li vaig posar la droga de les violacions al vodka i la Tenaya el va haver de dur a casa. Vaig haver de confessar sota pressió, perquè la Tenaya estava frisosa, convençuda que el vodka la tenia a ella com a objectiu. Em va dir que no es trauria la por del cos en tota la seva vida.

—És clar —li prometo. Aquesta vegada tinc un pla millor per al Tom.

Comencem tots dos a preparar la casa per a dissabte. Amaguem ornaments a sota les escales i distribuïm cendrers i galledes.

—A tu et sembla que la gent tindrà l'impuls de trencar coses? —li pregunto.

—Depèn.

—Hauríem de tenir muntat alguna mena de sistema per encarregar-nos dels infractors —dic jo—. Si destrossen la casa, la mama no deixarà que em faci un pírcing al mugró.

—Un què?

—És igual.

—Has dit un pírcing al mugró, Jasper?

—Encara tens aquell esprai antiviolacions?

—El mugró?

—D'acord, tirarem esprai antiviolacions als ulls de la gent que no es comporti. Tu els fas caure a terra i jo m'hi assec al damunt i els tiro esprai al seu coi de cara de brètol.

Poso unes quantes bosses de plàstic per la sala. Salvaran la llar familiar que la meva mare ha treballat tan i tan durament per poder-me oferir.

—Ja n'hi hauria d'haver prou —diu la Tenaya—. Demà tens la Julia?

—Sí, et pots quedar aquí tot el dia o quedar amb mi i el Ping després, al centre, tu decideixes.

—Ho decidiré al matí.

A la Tenaya li queda prou ketamina perquè tots dos ens fem una ratlla. Tot seguit, una lleugera relaxació. Ens adormim mentre mirem una interpretació de la Royal Philharmonic de *L'ocell de foc* de Stravinsky.

## CAPÍTOL 3

QUAN M'AIXECO LA SALA D'ESTAR està inundada de llum groga i espessa i fa fred. El televisor encara està engegat, i ensenya una dona cansada que ven Tupperware. Redistribueixo el cobrellit de manera que només queda al descobert el cap de la Tenaya. Faig te i començo a omplir la banyera.

Segons el meu programa de treball, encara hauria d'estar dormint perquè són les 6.30 am. Això vol dir que si em banyo ara, tindré temps de treballar en la meva novel·la abans no comenci Jeremy Kyle. És important que continuï escrivint coses, encara que no formin res coherent. Si escric passatges incoherents serà poc probable que escrigui una novel·la fonamental, però serà més probable que si no escric res de res.

L'aigua de la banyera és calenta i tota la sang se me'n va corrent cap a la superfície de la pell, com si volgués saber què hi està passant, allà fora. Com quan la gent frena i va més a poc a poc per mirar-se els accidents de cotxe, la meva sang se sent fascinada pels infortunis de la meva pell. Poso una mica de sals de bany de la mama perquè l'escalfor faci olor de lavanda. L'escalfor lavanda fa que em senti marejat i tranquil. Sóc un ésser humà relaxat i funcional. Llegeixo el *Mein Kampf*.

Per Història, el senyor Vines sempre ens diu que llegim determinats capítols del llibre de text. El llibre de text és un desert. És «el camí per tenir èxit a l'examen» però també és una manera força inútil d'entendre bé la història. Per exemple, quan descriu un home racista, el llibre de text pot dir que a l'home «aparentment no li agradava la gent de color, sovint actuava amb violència contra ella», mentre que al diari d'aquest home hi podria dir «les seves pells infernals i diabòliques m'enceguen i eclipsen l'horitzó». Per això prefereixo llegir els escrits originals de les nostres personalitats històriques més famoses.

Unes quantes citacions ben triades del *Mein Kampf* serien:

—«Tota la cultura humana, tots els resultats de l'art, la ciència i la tecnologia que veiem avui davant nostre, són gairebé exclusivament el producte creatiu dels aris».

Em sembla que Hitler pensava això perquè en aquella època els Wu-Tang Clan no existien.

—«A mig camí entre home i simi».

Això ho vaig encerclar. Em va semblar divertit. Ho vaig ensenyar al Kobe a l'hora del pati i va riure.

—«Els homes no pereixen com a resultat de les guerres perdudes».

En defensa de Hitler, diré que vaig agafar aquesta citació fora de context. La segueix una altra frase que diu alguna cosa com ara que els homes només pereixen com a resultat de la raça impura. Això fa gràcia, perquè ara Amèrica és l'actual favorit per aconseguir el títol de «Campió del món» i és un país que està tot fet d'immigrants de tota la Terra, criant els uns amb els altres en una orgia fenomenal d'èxit, riquesa i poder.

També vaig llegir llibres escrits per gent del Ku Klux Klan quan l'estudiàvem. Vaig haver d'encarregar els llibres a la web del Ku Klux Klan i com que la comanda era de més de 25 $, em van enviar una samarreta gratis que posava «Cavaller Blanc» amb una foto d'un membre del Klan dalt d'un cavall. Com que era una XL, me la vaig posar una nit per dormir i el Keith la va veure quan em rentava les dents. L'endemà va tenir una conversa secreta amb la mama a la cuina i ella va dir: «Tranquil, Keith, estic segura que només és una fase, ja li passarà».

Exemples escollits de la propaganda del Klan inclourien:

—«Posar en quarantena tots els infectats de SIDA».
—«Els falsos mestres de l'esglesitat justifiquen els matrimonis interracials per tal de mantenir encegada la Raça blanca perquè no administri les lleis de Déu».
—«Nosaltres som la boira».

Quan la pell dels dits em comença a quedar com cignes d'origami, surto de la banyera i em re-vesteixo. A baix, poso el bullidor i m'assec a la taula de la cuina amb la meva llibreta i un cigarret.

M'estic una hora sencera treballant en una escena de violació entre un home que es diu Martin, té una barba pèl-roja i li agrada la salsa de curri, i una dona que es diu Cindy, que només té set dits als peus i està convençuda que la violació s'aturaria si els pogués ensenyar al Martin. Durant tota l'escena, ella prova de treure's les sabates mentre el Martin la penetra. També prova de dissuadir-lo dient repetidament «Només tinc set dits als peus». Al Martin li és igual. La Cindy es comença a sentir afalagada per la violació. Té la sensació que algú la vol de debò i, per aquesta raó, es lliura al Martin de manera que allò deixa de ser una violació i es converteix en sexe i prou.

Em sento ambivalent sobre l'escena de la violació

perquè és punyent però també és poc creïble. Arrenco les pàgines i les llenço a les escombraries. «Tornem a començar des de zero», com diria el Keith. No és una hora malgastada, però, perquè ara he decidit que la novel·la ha de tenir una escena de violació, potser unes quantes.

La Tenaya entra a la cuina. S'asseu davant meu i començar a fer un cigarret. Quan es desperta, té els cabells de tal manera que sembla com si acabés de fer sexe salvatge amb un addicte al crack en una habitació folrada de velcro. Personalment, a mi m'agrada més així, però les noies tenen tendència a tenir un sentit de la imatge personal molt distorsionat, i per tant no em fa mai cas quan l'hi dic.

—Els cabells et queden molt bé així —li dic.

—Calla, Jasper.

—Ho deia per quedar bé.

—Com va la novel·la? —em pregunta. La Tenaya sempre ha donat suport a les meves ambicions. Li he promès que quan guanyi el premi Booker anirem a l'Europa de l'Est i viurem exclusivament de te i torrades.

—Va fent —li asseguro—. Hi haurà una escena de violació.

—A la Sarah DiLeeso la van violar, un noi de Layton Hill que duia un braçalet localitzador de la policia al turmell.

—De debò? —li pregunto, fascinat—. A tu et sembla que em deixaria entrevistar-la?

—Ara començarà *Jeremy Kyle* —diu ella. Ha ignorat la meva pregunta perquè no era adient.

Si algú provés de violar-me, jo faria tot el que pogués per fer-li una palla i que s'escorregués abans de trencar-me el cul i així li passessin les ganes de violar-me. Si això no fos una opció viable, però, potser li suggeriria que jo fes de «donador» i ell de «receptor» perquè d'aquesta manera seria menys dolorós per a mi. Li podria dir coses com ara «últimament has patit molta pressió, deixa'm fer la feina a mi» per tal de convence'l.

Tornem a la sala d'estar i engeguem la tele. *Jeremy Kyle* és un programa on les relacions d'éssers humans especialment agressius són reparades a través d'intenses discussions circulars i proves del detector de mentides. La Tenaya em demana si li puc deixar una samarreta i jo vaig a buscar la del Ku Klux Klan. Ella fa una ganyota quan se la posa. Li arriba als genolls. És una nena de vuit anys disfressada de Satanàs per Halloween.

A l'episodi que veiem hi surt un home que es diu Jay i una dona que es diu Kayler. Tots dos pateixen casos molt greus d'acne. Ella té sobrepès i ell té sotapès. Aquest no és pas el problema en la seva relació. El problema en la seva relació és que ell va fumar molta maria i després es va follar el gos, cosa que ella considera una infidelitat. Ell reconeix el fet però insinua que no és una infidelitat. En parlen una estona.

Ella el fa sotmetre a una prova del detector de mentides perquè es pensa que podria ser «un violador en sèrie de gossos».

Abans que revelin els resultats de la prova, jo pujo a dalt a canviar-me abans d'anar a veure la Julia. Moltes vegades fa observacions sobre els meus progressos segons com em quedi la roba que porto o si està planxada o no. Decideixo posar-me uns texans ajustats i una camisa blanca. La mama diria que estic «presentable».

—Escolta, me'n vaig —dic jo.

—Em quedo aquí. Per si t'interessa, en Jay mentia, és un violador en sèrie de gossos.

—Val, gràcies.

+

El cel torna a ser gris. El cel sempre és gris als suburbis. Poques vegades, si és que ho és mai, és de cap color de veritat entre les 10.00 am i les 9.00 pm.

A la parada de l'autobús em trobo la vella del número 26 que té esquizofrènia. La mama em va renyar una vegada perquè me'n vaig riure quan vaig sentir parlar la vella de cultivar gossos als arbres, el dia de la Festa del Poble.

En diuen la Festa del Poble encara que de fet sigui la Festa del Suburbi.

Aquesta vella en particular es diu senyora Mulberry, i està convençuda que és possible cultivar éssers humans a partir de llavors fetes amb mocadors de paper i orina. L'any passat, la Tenaya i jo vam mirar per la finestra de la sala d'estar de casa seva i vam veure que estava tot cobert de terra i petites boletes de paper.

Vam estudiar l'esquizofrènia a Psicologia. Provoca una percepció distorsionada de la realitat. La senyora Mulberry té una esquizofrènia molt original perquè no està convençuda que una organització governamental secreta/horda alienígena/culte religiós li va al darrere.

—Bon dia, senyora Mulberry —li dic.

—Hola, rei.

Té un bigoti com de vitel·la i porta un impermeable blau.

—Com va el cultiu?

—Doncs no gaire bé, per desgràcia, un virus molt lleig va infectar totes les llavors i me les vaig haver de menjar per no cultivar criatures amb la síndrome de Down.

—Em sap greu. Potser la temporada vinent tindrà millor collita. Sabia que la gent amb síndrome de Down són tècnicament d'una espècie diferent de la nostra perquè tenen una quantitat diferent de cromosomes?

—Són rates amb la cara plana —diu ella. Jo em sento incòmode amb el comentari de la senyora Mulberry però, per obeir els desitjos de la meva mare, faig que sí amb el cap i somric.

Arriba el bus. El conductor és el que porta unes rastes que semblen kebabs vells. Pujo i m'assec al pis de dalt perquè la senyora Mulberry no em pugui seguir. Durant una estona després que el bus hagi arrencat, sento un soroll de fregament inquietant que vol dir que la senyora Mulberry està provant de seguir-me escales amunt amb el seu bastó i els seus genolls de Meccano. A la fi, però, sospira i s'asseu al pis de baix.

Vaig a teràpia des que a la Tenaya i a mi ens van enxampar matant un gat. Només el vam matar perquè hi vaig caure al damunt per accident i l'animal patia molt. El vaig matar amb el peu. A la Tenaya no van fer-la anar a teràpia perquè la seva mare no s'ho podia permetre i també perquè va insistir que la tortura contra els animals era perfectament normal per a la mainada de la nostra edat. Va dir que devíem haver volgut posar a prova els límits de la nostra relació amb el món de la naturalesa. La meva mare va dir que la mare de la Tenaya era «un cony de hippy grassa» i la mare de la Tenaya va dir que la meva mare era «una bruixa rica».

La meva psicoterapeuta és una psicoterapeuta artística que es diu Julia. Ella insisteix que li digui Julia i no «senyora Hawthorn» perquè la vegi com una amiga i m'obri a ella, cosa que no faig.

La Julia és agradable i ingènua. Es creu tot el que li dic.

Estic mirant com el cel es liqua en bassals damunt

l'asfalt a través de la finestra petita del despatx de la Julia. Ja m'ha preguntat pel Sebastian (he confiat a la Julia que sóc homosexual i que tinc una relació sentimental continuada), per *Cunnilingual* (he confiat a la Julia que escric contes per a una revista eròtica) i per la meditació (he confiat a la Julia que practico el budisme Mahayana i que estic a punt d'arribar a la il·luminació parcial).

—Has tingut més pensaments foscos últimament, Jasper? —em diu. El sucre li vessa dels llavis. El sucre només és bo amb el te. No és gens bo quan surt de la boca de dones amb vestits jaqueta que cobren massa per la feina que fan i que es pensen que m'estan ensabonant emocionalment.

La Julia se m'acosta.

Té la cara prima plegada d'una manera que fa la impressió que abans era atractiva i encara no s'ha adonat que ja no ho és. Té els ulls verds i els cabells rossos i curts, amb aquell tallat que demanen les dones de mitjana edat quan es volen assemblar a la Victoria Beckham. La Julia no s'assembla a la Victoria Beckham. La Julia s'assembla a la Susan Boyle.

—Aquest matí he vist un cargol i he tingut ganes d'esclafar-lo amb el peu però després he pensat que si ho feia privaria el cargol de tenir futures experiències plaents en la vida, i li he passat per sobre.

Ella pica molt fluixet una mà amb l'altra, un aplaudiment molt discret i femení.

—Ho veus, Jasper? Et vaig dir que podíem fer progressos. Només et cal recordar que has de posar-te en el lloc dels altres.

Jo faig que sí.

—Empatia —diu ella.

—Empatia —repeteixo jo.

La Julia agafa un full de paper del costat del meu dossier. El meu dossier és on escriu totes les mentides que li explico des de fa un any.

Al full de paper hi ha tres ovals. Cada oval porta un nom: Sebastian, Mama, Keith. La Julia em demana que dibuixi a cada oval l'expressió que il·lustri millor els meus sentiments cap a cada persona.

La primera vegada que vaig anar a la clínica, em van prometre que la psicoteràpia artística era una pràctica «guaridora» i «potenciadora de la vida», l'efectivitat de la qual ha estat demostrada científicament amb estudis de recerca realitzats en nombrosos segments de població. Sóc un usuari experimentat del Google, però no vaig poder trobar cap d'aquests estudis. De fet, la teràpia artística és molt paternalista, o ho seria si jo me l'agafés seriosament. La Julia es pensa que em paternalitza i jo penso que li segueixo el corrent i les nostres sessions pugen i baixen com les muntanyes russes i els parcs d'atraccions, i són molt emocionants.

Dibuixo una cara que pica l'ullet amb un tupè a l'oval del Sebastian, una cara somrient amb cabells arrissats al de la mama, i una cara amb mostatxo i el polze apuntant cap amunt al del Keith. La Julia assenteix, encoratjadora. Em sembla que era la resposta correcta.

Després d'una hora sencera dibuixant cares, animals, edificis i «objectes abstractes que representen sentiments tangibles», em diu que pari.

La Julia somriu.

—Em sembla que és molt clar que hem fet progressos. A tu et sembla que hem fet progressos, Jasper? —pregunta ella.

—Sí, Julia. Em sembla que he progressat bé. Em sento com un individu sa i ben equilibrat gràcies a la teva cura i atencions.

Es posa vermella. Les seves galtes són camps buits plens de puputs.

—Com va, el Klan? —pregunta ella.

Fa un mes, vaig decidir fer un bon ús de la meva samarreta del Ku Klux Klan i me la vaig posar per anar a una sessió de teràpia i dir a la Julia que me n'havia fet membre. Li vaig explicar que celebrava reunions bimestrals al meu dormitori amb altres klansmen de l'àrea d'Ivythorne.

—Hi ha molts klansmen a Ivythorne? —em va preguntar.

—Sí, molts. Te'n recordes d'aquell famós artista afrocaribeny local que va morir l'any passat?

—Sí, en John Ducell. Va morir de càncer.

—Ah, d'acord.

La Julia va obrir molt la boca i va obrir molt els ulls quan li vaig dir això. Després va canviar de tema.

—Va molt bé, gràcies —li dic—. La setmana que ve anirem a fer pintades al club social caribeny.

Cada cop que la Julia s'empassa les meves mentides o no m'intenta dissuadir que practiqui crims racistes, sento una decepció profunda en l'any 2010. No m'agrada com actua la gent avui dia. El senyor Hutchinson en diu «la plaga de l'era postmoderna». La plaga és la tolerància. La plaga és que t'obliguin a tolerar fins i tot els intolerants. Per això es pot anar a www.KKK.com i comprar samarretes amb eslògans de Poder Blanc.

Internet està bé perquè hi pots veure porno especialitzat gratis però està malament perquè hi pots comprar roba racista.

La Julia canvia dos fulls de paper d'una banda del seu escriptori a l'altra.

—Oh, mira, s'ha acabat el temps —diu amb un gran somriure—. Que tinguis un bon cap de setmana, Jasper.

—Gràcies.

Davant de l'Oaktree Centre em faig un cigarret i truco al Ping. Em diu que quedem a McDonald's. Un noi asiàtic em passa pel costat i travessa les portes de vidre automàtiques amb dibuixos d'arbres. Porta pantalons curts molt curts i esportives platejades i es grata les mans. Té unes crostes llargues com cues de cometa que li pugen pels braços. Fa cara de fer mal.

Quan arribo al McDonald's, trobo el Ping reclinat enmig d'un erm distòpic d'embolcalls d'hamburguesa i bossetes flàccides de quètxup. Escriu un missatge al mòbil. Em pregunto a qui deu escriure un missatge. No em veu entrar, i jo em poso darrere seu i li faig notar la meva presència: li clavo un bon cop al cap i dic:

—Coco bongo!

—Vés a la puta merda, marica —diu ell, i es gira per mirar-me.

Jo somric.

—Anem —li dic.

# CAPÍTOL 4

—EI, TIO —DIU EL JONAH. Acaba d'arribar a Elsmere. Som a la parada del bus de la línia 38, recollint gent que ve a la festa. Sembla que hi ha vint-i-un nois i tres noies.

—Això serà una puta festa de salsitxes —diu el Ping.

—Tot anirà bé —li dic—. Després vindran més noies. Moltes i moltes noies. Tantes noies que serà inevitable que es converteixi en una orgia.

El Jonah riu.

—Sí, tio, vindran tones de figuetes.

El Jonah porta texans estrets de noia i té incrustats als lòbuls de les orelles unes peces de pèrspex. Diu que fan catorze mil·límetres de diàmetre. La Tenaya diu que és fastigós i que per culpa d'això ja no podrà follar quan passi dels trenta. Ell diu que està gelosa.

—Hi ha una festa a la vall —diu el Ben McKay—. Hi ha molta gent que hi ha anat.

—De puta mare —diu el Ping.

El Jonah ens passa unes llaunes de cervesa i diu que tot anirà bé.

Són aproximadament les vuit del vespre. No sé l'hora exacta perquè m'he deixat el mòbil a casa. Em poso neguitós quan no sé l'hora exacta. El cel està ben fosc i els llums de tungstè dels fanals deixen caure mapes de llum taronja al damunt del carrer. Les nostres cerveses estan extremament fredes, cosa que és una llàstima perquè fa una nit que no és gens càlida.

Veiem dos nanos amb xandall a sota d'un fanal cap al final d'Ivythorne Road. Se'ls veu desproporcionadament intimidadors per l'edat que tenen; uns catorze anys.

—Merda —diu el Ping.

El Jonah li diu que no sigui cagat.

Passem per davant dels nanos amb xandall.

—Maques, les orelles —crida un dels nanos al Jonah—. Hi podria fer entrar la polla, per aquests forats.

Riuen tots dos.

—Me n'alegro per tu, minipolla —crida el Jonah de resposta.

Deixen de riure.

El que porta el xandall blanc s'acosta pedalant.

—Què cony has dit?

—Minipolla —repeteix el Jonah, somrient.

El Ping gemega.

El del xandall blanc agafa el Jonah pel coll amb el braç, i el manté immobilitzat mentre el del xandall blau marí s'acosta pedalant. Em començo a preguntar què els deu passar pel cap. Nosaltres som més de vint i ells dos. Són predadors sense cervell.

—Crema'l, collons —diu el del xandall blanc. El del xandall blau marí activa un encenedor i acosta la flama als cabells tenyits de ros del Jonah. Què fan?

—Què? NO, feu alguna cosa! —El Jonah crida i es baralla per deixar-se anar.— Ping? Ben? Ajudeu-me, cony.

Nosaltres som vint però tots ens quedem allà clavats, després algú crida: «CORREU» i tothom fot el camp, menys jo i la Tenaya. Ella té un cigarret encès als dits i somriu, com si tingués un pla a prova de bomba. Ens mirem tots dos com el Jonah comença a perdre el serrell. Deu ser un mal moment per ser el Jonah. Em sap greu per ell però també m'alegro de no ser jo.

—Per què cony no foteu res? —crida ell.

La Tenaya s'acosta al del xandall blanc i apaga el cigarret a dins de la seva orella.

Veig com es posa vermella.

El nano xiscla.

El Jonah és lliure.

Tornem corrent a casa i travessem la porta i ens deixem caure al sofà. El meu pit és un tren de vapor sense carbó. Estic marejat. El Jonah es toca els cabells, té un calfred i comença a fer-se un porro.

—Merda —diu.
—Sí —confirma la Tenaya.
—Gràcies.
Ens passem el porro. Utilitzem el sistema de passada de les tres calades per tal de compartir-lo equitativament. Tot seguit, relaxació.
—No és pas tan greu, no? —pregunta el Jonah, que s'agafa el serrell entre els dits.
—Gairebé no es nota —diu la Tenaya.
Jo trobo que sí que es nota, però no dic res. A vegades sóc extremament sensible.
—Sort, collons.
Truquen a la porta. Quan obro, hi trobo els desertors, tots borratxos i somrients. Tres cotxes petits s'aturen davant de casa i per un moment pateixo una mica, però només en baixen la Sarah DiLeeso i una colla més de nanos del curs superior. Estic segur que tothom tractarà la meva llar familiar amb el respecte que es mereix. No són la mena de gent que et roba els coberts i es pixa a la banyera.
Entrem tots.
Una hora després quatre noies fan combinats de vodka a la catifa. Algú ha posat un CD de hip-hop a l'equip de *home cinema*. Hi ha dos nois que es morregen al sofà. M'adono que la música és Wu-Tang Clan. La cançó és «Shame On A Nigga». Puc sentir la Sarah DiLeeso i el Jonah cantant.
El Ping i jo anem a la cuina a cuinar ketamina. Ell

està borratxo i prova de tenir una conversa filosòfica amb mi, una cosa que no li surt gaire bé.

—... o sigui que hem de tenir una ànima a causa de la uhh quantitat enorme de trets humans que no es poden explicar dallonses genèticament o...

El Ping ho fa molt, això. És com una mica idiota.

Jo faig que sí mentre ell aboca el líquid transparent del guant de cel·lofana a una cassola. Obro una cervesa. Ens asseiem tots dos als marbres de la cuina i encenc un cigarret.

—Es veu que a l'Abby Hall li agrades —diu el Ping. Un canvi de tema de cent vuitanta graus.

L'Abby Hall és una noia rossa grassoneta amb marques resplendents d'acne a les galtes que insisteix a portar *leggings* tot i l'amplada dels panxells de les seves cames. Creu en els àngels i no beu alcohol. A les festes engoleix begudes energètiques i parla sense respirar.

—És broma.

—No és broma.

Conjuro mentalment una filera nua de les noies presents a la festa. L'Abby Hall somriu i fa bellugar els pits marcats d'acne. Les noies jueves em diuen totes que miri cap a una altra banda. L'Emma Howes és enorme. L'Ana Korsakov està prou bé. Se'n mereix un. Deixo de banda les noies amb nòvio.

—I no ho provis amb l'Ana —diu el Ping—. Ja està fet. —Em pica l'ullet. Em pica l'ullet per deixarme clar que està parlant de coses sexuals.

L'Ana Korsakov és pobra. Els regals que rep per Nadal són de l'Exèrcit de Salvació.

Em prometo a mi mateix que em masturbaré si no apareixen més noies. Això evitarà que em folli una noia grassa, cosa que després em sabria greu.

—Jo aniria per l'Abby —diu el Ping.

—Segur —dic jo—. Però no hi aniries.

Ell riu.

—Ho faria si tingués la teva cara.

—Sí —dic jo—. Genial. És igual, a Devon seduiré la Georgia Treely. Està molt més bona que l'Ana.

El Ping riu.

—D'acord.

Ara sento Die Antwoord a la sala d'estar. Die Antwoord és un grup de rap de Su-dàfrica. Diuen coses com ara «merda de primer nivell». A Orientació Acadèmica vaig voler escriure això al formulari d'«esperances per al futur». La Tenaya em va dir que si ho feia l'assistent vocacional es pensaria que m'havia pres LSD i trucaria a la mama. Jo vaig fer que sí i vaig escriure «presentador de televisió infantil».

Torno a la sala d'estar. Un dels gais del sofà li fa una palla a l'altre. L'Ana Korsakov i la seva amiga grassa s'ho miren i riuen. L'habitació és plena de parelles abraçades que es pensen que són felices. La meva bufeta és un globus d'aire calent. Pujo a dalt per anar al vàter i passo pel costat de la Tenaya i el Tom, que discuteixen, cosa que em fa sentir secretament optimista, però sóc massa sensible per dir res. Avui estic molt i molt sensible. Decideixo no fer-li prendre la Viagra.

El Ben McKay dorm a la banyera, envoltat per una aurèola de vòmit fluorescent. Em permeto de fer una bona pixarada assegut, li prenc els cigarrets i torno cap a baix. No m'agrada el Ben McKay. Al Ben McKay li agrada Coldplay.

—Ja està, tio —diu el Ping.

Buidem la droga de la cassola i en fem una pila blanca petita al damunt del marbre turquesa. Ell treu la targeta de dèbit i en trinxem dues ratlles i després hi passem l'aspiradora amb un bitllet de cinc lliures enrotllat. Després de la primera ratlla no noto cap efecte. El Ping riu. Vuit ratlles després començo a notar alguna cosa.

+

Sóc un llop. Jasper James Wolf. Mira'm. Sóc una bellesa. Tan airós i esvelt. Tinc uns cabells preciosos. Sóc força poderós. També m'estic enfonsant. Potser estic caminant per damunt l'oceà. Les rajoles de la cuina són gel. Les puc superar amb la gràcia i l'enginy que em caracteritzen. Més enginy que Stephen Fry. Au va noies, mireu els meus ulls bellíssims. Em podeu acaronar si voleu. Aquesta música és llimonada a les meves venes. Potser m'hauria de tenyir els cabells de color vermell. El meu pèl. No conec la meva pròpia força. Hauria d'evitar tocar les altres persones sempre que fos possible. Això mateix, pujar les escales. Això és agradable. M'ho estic passant bé. També sento nàusees i tinc son. Molta son. Tinc un vuit de son en una escala de l'u al deu de tenir son. Això és superable. Sobretot amb un poder com el que m'ha estat concedit. Gràcies sol. Oh, vàter. Hola Abby Hall. Xxxt, no hauríem de parlar. Sí, sóc molt bell. M'ho pots dir amb les teves mans. Estirem-nos aquí. A la banyera. Oh, hi ha el Ben McKay. T'has embrutat els *leggings* de vòmit? Treu-te'ls. Tot anirà bé. T'ho prometo. Et faré moltes promeses. Sé que les meves urpes són cruels. La teva boca és meva. Rient. A dins dels teus ulls. Les meves urpes et fan cantar. Cantes com un espectre. Oi que tot resplendeix? Això està molt bé. Hola Abby Hall. Sí, al voltant dels peus. Llença'ls al damunt del Ben McKay. Llença'ls als lleons! Jo sóc un llop, saps? Això et deu fer molt feliç. Sí, te'n fa. Ho confirmes gemegant. Princesa. Ets la meva princesa. Jo sóc el teu llop. Som al terra del lavabo. Hauríem de deixar-nos estar això de les urpes, tot i que tu ho fas molt bé. Correm a través de camps carnosos. Què? Ah, no hi fa res. Sóc un llop, puc suportar haver de vestir una mica de sang. Jo tinc sang, tu tens sang. La teva sang damunt meu. Jo a dintre de... oh això és... anem. Anem al llit. El llit dels meus pares. Super-super-maxi-mega-tope-gran. Sí, això de sota nostre és vellut. Unió. Duet. La flauta i la trompa. Oh. Sí. Això. Gràcies. Les teves cuixes són tobogans aquàtics. Un parc d'atraccions pelut. La casa de la por. Oh. Sí. La teva sang als llençols. Gira't. Sóc a l'arc del teu coll. Això és la llum del sol. Estem vius. Hola Abby Hall.

+

Són les 5.16 am. La meva gola és un desert ple de pesticides. El meu cap és una autopista. Jec al costat de l'Abby Hall. Es veu que he robat tot el cobrellit en algun moment de les últimes hores. Els pits li pengen aplanats com les bosses de plàstic amb peixos de colors que es venen a les fires. Té el nas tapat i quan respira sona igual que un gat fent ron-ron.

Aquesta nit em perseguirà moltes setmanes. Com un pedòfil o el Keith quan assetja les seves víctimes.

M'aixeco. Hi ha sang al damunt i a l'entorn immediat del meu penis. No m'havia sentit tan fastigós en tota la meva vida. Mai. El futur immediat només resultarà suportable si l'Abby Hall continua adormida. La grassoneta de l'Abby Hall amb els seus pits ridículs i el seu acne.

Jesús Déu meu.

T'has equivocat, Jasper. La Georgia Treely és l'única femella del món.

A baix, trobo la Tenaya. Té els ulls ben inflats i injectats de sang. Està asseguda entremig de dues piles de mocadors de paper usats i al damunt de la taula hi ha un exemplar vell d'un recull d'assajos de Sartre.

—Bon dia —dic. La meva veu carrega el pes feixuc de l'espectre ensangonat del meu passat.

—Bon dia —diu ella.

Em tira un parell de texans que hi havia a terra. Trec un condó ple de dintre i m'hi fico. Sembla que podrien ser d'una noia. Res no té importància. No hi ha futur.

—Faré cafè i cigarrets, i després ens asseurem a fora i m'ho expliques —li dic.

Ella fa que sí. Imperceptiblement.

Faig els cigarrets mentre el bullidor bull. Algú ha construït un ferrocarril dins el meu cap. Jo he construït el ferrocarril dins el meu cap. L'he construït amb vi barat i sexe espantós. Sexe espantós, espantosíssim. Veig el fantasma de la droga escollida d'ahir a la nit sobre el taulell de marbre. Hi ha diverses persones dormint al terra de la cuina, que m'imagino que deu ser particularment incòmode, però no sembla que els molesti. L'Ana Korsakov i el Ping estan arraulits al damunt de la tovallola groga del Keith a sota de la taula de la cuina. Hi ha un bassal de sang i un ganivet de carn a la pica. Estrany.

Els ulls del Ping es mig obren quan el bullidor arriba al clímax.

M'és igual que el Ping es reservés l'Ana Korsakov per a ell perquè a ella jo no li agrado. Això és perquè, quan ella va fer una festa l'estiu passat, jo vaig fotre un cop de puny al seu pitbull i li vaig deixar un ull morat. Va ser emocionant. Ella em va dir «sukr». Em va aclarir que vol dir «fill de gossa» en rus.

—Bon dia —em diu quan s'aixeca.

—Sí.

—Em trobo malament.

—Tu i l'Ana?

El Ping es fa un massatge a les parpelles. Ens mirem tots dos la noia menuda i deixada que li dorm al damunt de les cames.

—No ho sé —xiuxiueja—. Vull dir que m'agrada de debò, tio, no puc, d'això, ficar-hi la polla i au, no?, perquè és tan bona tia i tal.

—No heu follat?

—És russa ortodoxa.

—Tard o d'hora haurà de cedir.

—Collons, espero que sí. La setmana que ve toquem a The Twelve Cats, potser després. —El Ping toca en un grup de ska que canta cançons sobre la marihuana.

—Potser.

Preparo tres tasses de te, en deixo una per al Ping i me'n torno a la sala d'estar.

—Té —li dic, i passo a la Tenaya el seu te i el cigarret—. És el tabac bo.

Anem a fora per seure a les gandules però canviem de lloc i anem al llit elàstic quan la Tenaya declara que està incòmoda. Ens estirem d'esquena i encenem els cigarrets.

El matí comença a fer promeses des de la vora del

món i el cel que tenim directament al damunt dels nostres caps és del color d'un granissat de color blau. Fa fred, però la impressió és de fred vigoritzant i no de fred assassí. El meu cap etiqueta aquestes coses però no les reconeix com cal.

—Aquest te és fastigós, Jasper —diu ella.

—Perdona —dic jo—. Explica'm què ha passat. Té a veure amb el Tom.

—Ja sé que no et queia bé, Jasper —comença la Tenaya—. Però jo el trobava meravellós.

—Ja ho sé, que el trobaves meravellós, Tenaya —li dic—. Però era un capullo integral.

S'incorpora de cintura en amunt i em clava un cop de puny a la clavícula.

—Ha tallat amb mi.

—Què en faig, ara, de tota aquella Viagra?

Em clava un altre cop de puny.

—Per què? —li pregunto.

Es torna a ajaure.

—Ens vas sentir discutir ahir a la nit?

—Sí.

—Doncs això va ser perquè el Rajid em va dir que el Tom li havia llepat el cony a l'Alice Jennings i jo l'hi vaig dir a la cara. No estava segura de si era veritat perquè el Rajid tampoc no n'estava gaire segur. —L'Alice Jennings és una de les noies jueves riques. Porta botes Ugg i es crepa els cabells.— Ens estàvem discutint i després passa el Jonah i diu: «Ah, ja ho sap?».

La Tenaya fa una calada molt pronunciada al seu cigarret.

—Però has dit que ell ha tallat amb tu —dic jo.

—És que... jo l'anava a perdonar. —No estic segur de com deu sonar de debò una rialla mofeta, però faig el que me'n sembla un bon intent, i esbufego amb força pel nas. Em surten unes miques de mocs que m'aterren al pit nu. Me'ls netejo amb el cul de la tassa.— Mira, estava segura que no era res seriós i el Tom m'agrada de debò. Però després d'una estona ell em va dir: «Sé que segurament t'estàs plantejant perdonar-me però jo no m'ho podria perdonar mai, o sigui que això nostre s'ha acabat».

Això em fa riure incontrolablement.

La Tenaya comença a plorar.

Les seves llàgrimes declaren la guerra al meu riure.

Guanya ella.

D'aquesta victòria se'n diu sentiment de culpa.

Agafo la mà a la Tenaya i tots dos deixem de fer sorolls emocionals. Déu ha anat diluint el cel de color granissat i ara ens cau al damunt una dutxa de llum brillant.

—Per què hi ha sang i un ganivet de carn a la pica de la cuina? —pregunto jo.

La Tenaya somriu.

—Han vingut unes noies de la festa de la vall perquè la seva ja s'havia acabat i una ha provat d'apunyalar el Jonah perquè ha dit que ell havia provat de violar-la, però la tia ha relliscat en una bassa d'Irn-Bru que a ell li havia caigut a terra, i s'ha tallat el dit.

—Ah —dic jo—. És clar. —Això és alhora hilarant i inquietant.— Jo tenia la Viagra dissolta a dins d'una ampolla d'Irn-Bru.

La Tenaya deixa anar una rialla pel nas.

—De debò que tenies Viagra? T'havia dit que et comportessis com una persona civilitzada.

—Sí. És igual, què ha passat després?

Li costa una estona recuperar la calma.

—Després l'Emma Howes li ha posat el dit entremig d'un pack de Foster's que hi havia a la nevera i s'ha endut la noia a l'hospital en cotxe, però no hi han arribat perquè estava borratxa i ha fotut el cotxe a la cuneta. Ha trucat al Jonah i ell se n'ha anat deu fer mitja hora per remolcar-les i treure-les d'allà.

Ens incorporem tots dos, mirant al capdavall del jardí. Els conills s'han despertat i patrullen els perímetres dels seus caus. Els nostres conills es diuen Rafael, Donatello, Michelangelo i Leonardo, com les Tortugues Ninja. Jo els volia posar el nom dels Ratolins Motoristes de Mart, però només són tres.

—On has anat, tu? —pregunta ella.

—Enlloc. El Ping i jo ens hem fotut aquella ketamina i després m'he trobat molt cansat i me n'he anat al llit. —A vegades la Tenaya fa una cosa, aixeca les celles i dilata els narius perquè no es creu el que li estic dient. Això és el que fa ara mateix.— Val, d'acord. Això no és veritat. Anava cec de K i he follat amb l'Abby Hall encara que està grassoneta i encara que tenia la regla.

Em poso les mans al cap cot mentre la Tenaya entra en erupció. La seva erupció era previsible, per això m'he tapat les orelles amb les mans.

Dos braços gruixuts i peluts m'abracen per darrere i un parell de llavis càlids em besen el coll. Sento que l'Abby Hall diu:

—Bon dia, maco.

La Tenaya torna a entrar en erupció. El Jonah surt de la casa i també entra en erupció. Jo provo de convèncer el meu cor perquè s'aturi.

## CAPÍTOL 5

QUAN ACONSEGUIM QUE TOTHOM se'n vagi, la Tenaya em diu que me'n vagi a dormir. Jo estic massa cansat per discutir. Poso Radio 4 molt fluix i m'adormo escoltant un home que explica quina és la velocitat d'internet a l'Iraq rural.

La Tenaya ho neteja tot mentre jo dormo, i per això quan la mama i el Keith tornen queden gratament sorpresos.

El Keith beu cafè amb el barnús posat quan baixo les escales al vespre. Llegeix *El codi Da Vinci*. El Keith és analfabet.

—Hola —dic jo.

(Assassí)

—Hola —diu el Keith.

(Assassí)

—T'ho has passat bé a Cornwall?

(Has matat algú a Cornwall?)

—Sí gràcies, la veritat és que ha estat bé.

(He matat i violat uns quants pensionistes innocents.)

—Que bé.

(Et denunciaré a la policia i et tancaran per tota la vida, que de fet només són quinze anys i de fet només seran set si et controles i t'estàs de violar a ningú a la presó.)

—I la festa ha estat de mort.

(Massa fàcil)

—Sí.

(Assassí)

—Sí, em sembla que la teva mare s'ho ha passat bé.

(L'he mort amb la meva espasa de pell, i després amb una espasa de debò, i després n'he fet una lasanya i me l'he menjada.)

—On és?

(Què n'has fet?)

—És a dalt a la banyera.

(Una banyera plena de la seva pròpia sang)

—D'acord —dic jo—. Ens veiem demà.

El cap encara em fa salts mortals o sigui que me'n torno a la meva habitació i m'estiro al llit. Engego el portàtil i el faig servir per comprovar repetidament diverses pàgines de xarxes socials a la recerca d'indicis que la gent hagi recordat que encara sóc viu. Ningú se n'ha recordat.

Penso que podria treballar en la meva novel·la, però el que faig és jugar al solitari al portàtil amb cartes de ties en pilotes i adormir-me una hora després.

+

Em desperto aviat, em vesteixo per anar a classe i baixo a esmorzar. La mama m'ha preparat un te sense sucre. Em dóna les gràcies per haver tingut cura de la casa i després se'n va a treballar. El Keith ja se n'ha anat. Abans d'embrancar-me en els sis minuts de caminada que tinc fins a l'institut, me'n vaig al cobert per recollir els meus cigarrets, l'encenedor i, si tinc sort, unes miques de restes o detritus de marihuana. Trobo un dels tios de Layton Hill arraulit en un racó a sota del meu abric vell, i aparentment acaba de recuperar la consciència i remuga repetidament que té «gana, una puta gana de collons». El més interessant és que al noi li han retallat la part de l'entrecuix dels texans i dels bòxers que porta. Me l'emporto del jardí, li poso un tros de pa a les mans i el condueixo cap a la porta principal, el faig caminar davant meu i en la direcció contrària.

St. Mary's és un centre d'ensenyament mitjà privat amb uns quants premis i estatus envejables al seu historial. Layton Hill és un centre d'ensenyament públic amb un sistema penal notòriament lax i un mercat molt dinàmic en drogues il·legals. La mama va dir que s'estimaria més educar-me ella mateixa a casa que enviar-me allà. A mi no em faria res. Totes dues escoles semblen presons de plàstic i fan olor de plastilina.

A primera hora tenim Estudis Religiosos amb la senyora Norton. És una dona arrugada que porta roba de cànem amb boletes de fusta i té molta por pel futur de les nostres ànimes condemnades. Ens ho diu regularment. Més o menys un cop per setmana. El Ping l'ha etiquetat com «la professora amb més possibilitats de follar-se un alumne i després confessar-ho i buscar una sentència clement basant-se en el fet que era "un amor ordenat per Déu"».

Es veu que la senyora Norton ha decidit que no val la pena saludar-nos i s'està al capdavant de l'aula amb un dels vells projectors de transparències ben agafat. L'agafa amb tanta força que la pell de les mans li ha perdut la sang i comença a tenir el mateix aspecte que els testicles d'un cadàver. El Jonah té la mà aixecada i és ignorat.

—PAGANS —crida ella—, som uns anyells perduts. Estem tan sols i fa tant de fred, aquí. —La senyora Norton està mentalment pertorbada. Això és un secret molt mal guardat.

El Ping i el Jonah ja riuen.

—Els nostres cels són carbó. Els nostres peus són espines. Busqueu el Senyor mentre pugui ser trobat!

La Tenaya treu la novel·la de Ha Jin que té a mig llegir.

Em sento vagament interessat per saber fins a on

arribarà la senyora Norton, avui. Se la coneix per les maneres molt diferents que té de concloure les seves classes.

—Mireu-me, tots vosaltres. Mireu-me i creieu. Crideu el poder de Déu perquè vingui i canalitzeu-lo cap a aquest projector.

Oh.

—Heu de creure tots, heu d'aferrar-vos a la vostra fe amb tot el vostre poder.

El Ping s'ha girat i està parlant amb la Sarah Fields.

El Jonah parla pel mòbil.

—Cal que creieu, crideu ara mateix Déu, que es faci present entre nosaltres els homes.

El nom de pila de la senyora Norton és Acàcia, que és una mena d'arbust espinós.

—Marc 9, 23: «Tot és possible per a aquell qui creu».

Oi que sembla increïble?

—Heu d'aguantar aquest projector suspès en l'aire amb la vostra fe.

M'encongeixo com si hagués esgarrapat la pissarra amb les ungles. Passa de debò.

Quan el projector cau, el braç es trenca i el cos aixafa el peu de la senyora Norton. Ella comença a xisclar i crida:

—Una classe d'ànimes condemnades!

La Tenaya i jo ens aixequem i sortim.

Sortim pel portal de l'institut per fer uns cigarrets a la parada de la línia 61.

Una vegada, la senyora Norton va llançar tots els nostres plumiers per la finestra, un per un, mentre afirmava que podíem utilitzar el poder de Déu per salvar-los d'acabar estellats i fets miques. La mama de l'Ana va presentar una queixa formal contra la senyora Norton i la direcció va enviar el senyor Golding a la nostra classe com a observador. Això va voler dir que, durant una setmana, vam tenir una sèrie de classes de debò sobre la interpretació de diversos passatges bíblics i la seva aplicació a qüestions ètiques serioses de l'actualitat. Quan el senyor Golding se'n va anar, apaivagat, la senyora Norton va llançar la bossa sencera de l'Ana per la finestra, i l'Ana va canviar Estudis Religiosos per Sociologia.

—Per què no l'han fet fora? —pregunto a la Tenaya.

—Perquè sap fer classe.

—Però no en fa.

—Però pot fer-ne. A més, tothom aprova l'examen estudiant el llibre.

El Ping surt de l'institut amb un paquet esclafat de Marlboro light a la mà.

—T'ha agradat o no, Don Joan? —diu ell.

—Què ha passat?

—S'ha trencat el peu. Potser tots dos peus. El Jonah la porta en cotxe a l'hospital.

—Què? Per què la porta el Jonah?

—Tots els professors han dit que estaven enfeinats. Escolta, has vist l'Abby?

—No. Per què?

—Es veu que li has calat foc a l'entrecuix, devorador de greix. Està explicant a tothom què va passar. —Somriu.— El Baró Sanguinari —diu ell. Belluga els dits com fa la gent quan vol imitar un fantasma, encara que els fantasmes de fet no tenen dits.

Jo gemego.

Si l'Abby no em deixa en pau hauré d'ordir un pla per defensar-me. Si vingués a l'excursió de Psicologia i al viatge a Devon després dels exàmens, i m'abracés amb els seus braços com troncs coberts de molsa i em petonegés el coll, llavors segur que m'espatllaria les dues sortides. M'espatllaria el Pla Georgia. Veure com em magreja l'Abby Hall no és gens seductor.

A vegades la millor defensa és una ofensiva. Ho hauré de tenir en compte.

—Va ser una mica estrany —diu la Tenaya.

Jo no responc.

L'Abby Hall surt pel portal de l'institut. Ve corrent cap a mi i les seves cames de geganta tremolen com la gelatina. Em roba el cigarret i el llença a terra.

—És un costum fastigós, Jasper, si vols continuar amb mi ho hauràs de deixar.

Per culpa d'una covardia excessiva, heretada del meu pare, em fa molta por infligir directament ferides emocionals. Per aquesta raó, durant els sis minuts que l'Abby Hall em té sotmès a les seves abraçades i als seus petons a les meves galtes, no dic res. Ella m'estreny la natja amb la mà i es mossega el llavi. La Tenaya i el Ping se somriuen mútuament. Sona el timbre per a la segona hora de classe i tots tornem a entrar a l'institut.

A segona hora tenim Psicologia. Això vol dir que no aprenc res de res perquè estic assegut al darrere de la Georgia Treely. Contemplo com els seus cabells reflecteixen la llum dels fluorescents barats. Aixeca la mà més sovint que els altres. Porta braçalets de boletes de plàstic als canells. Els canells són zones erògenes. Els canells d'ella són zones especialment erògenes. La Georgia Treely és una catòlica devota, una vegetariana tossuda i una filantropa generosa. La Tenaya diu que per aquestes raons és sorprenent que jo la trobi atractiva, de tota manera aquestes no són les coses que trobo atractives en ella. Les coses que trobo atractives en ella són: els arcs dels seus pòmuls, les seves pestanyes, la forma esvelta tipus «rellotge de sorra» del seu cos, els turmells, els peuets, els pits, els cabells, el coll i la boca. És un collage de les millors parts del cos que es puguin trobar en un número de *Vogue*.

No sóc mesquí; cos sa, ment sana.

Quan acaba Psicologia, he après dues coses: la Georgia Treely té una ploma del Winnie the Pooh nova, i la Georgia Treely té un braçalet groc de plàstic nou.

Me'n vaig en acabar Psicologia perquè després de dinar només hi ha Educació Física. No hi ha ningú a casa. Me'n vaig a la meva habitació a conspirar.

## CAPÍTOL 6

8.02 PM. SÓC A CASA DE LA TENAYA. La Tenaya és a la dutxa. La mare de la Tenaya està adormida al sofà al meu costat amb les soles dels peus descalços pressionats contra la meva cuixa dreta. Té les cames plenes de pèls negres que li comencen a néixer. Sembla una criatura cansada de mida grossa.

A la televisió fan la primera pel·lícula de Harry Potter. Un estol de barques il·luminades naveguen per aigües negres. He vist aquesta pel·lícula més vegades de les que he follat. Aquesta és una estadística que em cal capgirar. Començaré no veient-la una altra vegada.

M'asseguro de no fer bellugar gaire la mare de la Tenaya quan m'aixeco. Segurament tampoc se n'adonaria. Segurament no es despertaria encara que li estirés els cabells i li llepés les orelles. L'alcohol no és sa, perquè quan t'emborratxes i t'adorms no recordes què has fet en somnis.

A vegades em sento molt culpable per les coses que he fet en somnis. Quan més mal he fet a la gent ha estat mentre dormia, i tant és que ells ho sàpiguen o no.

La Tenaya està asseguda al llit a la seva habitació de la tercera planta quan pujo. Va embolicada amb una tovallola, que li comprimeix els pits. Sobresurten per dalt com els fronts d'un parell de criatures curioses. Els cabells humits li abracen la forma del cap. Crida el meu nom i em diu que me'n vagi.

Massa lenta.

A l'altra banda de la porta m'enfonso fins que m'assec a la catifa. Em miro les línies de la mà. Alguna cosa acaba de passar molt de pressa. No sé què fer. Ella ha anat massa lenta i ho he vist. Té columnes de talls llargs als braços. Què vol dir això? Vaig sentir parlar a la ràdio de gent que es feia talls a ella mateixa. No hi vaig trobar cap sentit.

Truco a la porta del seu dormitori. Ella no diu res. Torno a trucar.

—Tenaya —dic jo.

—Sí.

—Puc entrar ara?

—Endavant.

Quan entro ja s'ha posat un vestit i una jaqueta de punt. M'assec a la vora del llit. Les autolesions són una fase per la qual passen molts adolescents, va dir la ràdio. Sovint és una petició d'ajuda.

—Necessites ajuda? —dic jo.

—Amb què?

La ràdio no ho va dir.

—Amb els teus braços?

—Si necessito ajuda amb els meus braços?

—Mira, no ho sé.

—Ho podem deixar?

—D'acord.

M'aixeco i engego la tele. Hi ha posat el mateix canal que a la de baix. Harry Potter. La Tenaya s'ataca a ella mateixa. La Sala Gran és plena de criatures somrients que fan grans queixalades d'uns bistecs enormes. Ens organitzem. Jo m'assec amb uns quants coixins a l'esquena i la Tenaya s'ajeu de bocaterrosa, amb els panxells de les cames enlaire. A vegades el millor és amagar-se a llocs on no has estat mai.

+

Quan em desperto són les 11.14 pm. Sacsejo la Tenaya fins que se li obren els ulls. Es colpeja un ull per provar de treure's les engrunes de lluna. Després s'abaixa la faldilla, s'incorpora i s'asseu.

—Tinc gana —dic jo.

—Sí.

—Vaig a fer te.

—Baixo de seguida.

Baixo els quatre pisos d'escales fins a la cuina, que és al soterrani. És un búnquer fosc, tranquil. Una bombeta nua projecta una llum groga somorta contra les parets. És una bombeta de baix consum. Els pares de la Tenaya pensen que és una bombeta salvadora del planeta. Jo penso que ja és massa tard per salvar el planeta.

El bullidor bull escandalosament perquè està emprenyat, perquè l'he despertat. Dono a la Tenaya la tassa del Harry Potter i jo n'agafo una de coixa de color marró que la seva mare em va fer en un taller de terrissa, i després faig dos cigarrets i ho deixo tot preparat a la taula. Sóc molt considerat. Faré que la Tenaya se senti segura i còmoda per poder esbrinar per què està demanant ajuda.

Baixa per les escales, em somriu una mica i s'asseu davant meu. Fa un glopet de te per veure si està gaire calent. Jo fico el dit a dintre del meu.

—Podem parlar dels teus braços, ara? —dic jo.

La Tenaya encén un dels cigarrets. Reposa el cap a la mà.

—No.

—Per què tens talls als braços?

—Jasper.

—He sentit parlar a la ràdio d'autolesionar-se, deien que és una manera habitual de demanar ajuda. —Faig tot el que puc per somriure.— Et puc ajudar?

—No ho he fet per cap raó.

—Doncs per què?

—No ho sé.

Encenc el meu cigarret i bec te. Les mans de la Tenaya semblen més petites de com les he vist mai i tremolen. Els ossos li sobresurten sota la pell com si fossin escuradents.

—És el Tom, encara?

—No tot té una raó, Jasper.

—El Tom és la raó?

—Potser.

La miro intensament als ulls, com fan els policies a la televisió quan saben que un testimoni amaga alguna cosa. M'ho acabarà dient tot.

—Estàs bé?

No diu res. Mira dins la seva tassa. Jo provo d'imaginar-me què faria un home en una pel·lícula. Un home en una pel·lícula s'inclinaria cap endavant i li faria aixecar el cap i veuria alguna cosa als seus ulls que ho explicaria tot. Em sembla que si faig això la Tenaya em fotrà un cop de puny.

Esclafa el seu cigarret i aixeca els ulls.

—A vegades passa —diu—. No sé per què. A vegades no em trobo bé i ja està. No ho sé. No és pel Tom. No és per res. Em sembla que justament es tracta d'això. Potser sí que és pel Tom. No ho sé, Jasper. Em sap greu.

—Oh. —No sé què dir. Em veig enfrontat amb emocions humanes autèntiques. I vull fer alguna cosa.— Hi ha alguna cosa que t'ajudi? —dic jo.

—La gent —diu ella—. Quan hi ha gent aquí.

—D'acord. M'envies un missatge quan et sentis d'aquesta manera, sisplau.

—Gràcies, Jasper.

—Acabem de tenir una conversa seriosa.

La Tenaya riu. S'acaba el te i s'aixeca.

—Encara tens gana?

—Una mica.

—Torrades amb mongetes?

—Gràcies.

Faig més cigarrets mentre ella fa les torrades i posa les mongetes al microones. La seva ombra frega les rajoles de la cuina. Serà una bona esposa. Una bona esposa i una bona mare i una bona adulta. Es posarà bé. Jo provaré d'envoltar-la en tot moment fins que s'hi posi.

Mengem en silenci amb Radio 4 posada. Quan he acabat decideixo descobrir si seré pare.

—Tenaya —dic—. Només per curiositat, les noies es poden quedar embarassades quan tenen la regla?

Ella prova de no riure.

—No —diu—. Bàsicament, és que és impossible.

NO SERÉ PARE. M'HA TOCAT LA LOTERIA.

—Per què? —diu ella.

—No és evident?

—L'Abby?

—Sí.

La Tenaya es mossega el llavi.

—No t'ho han dit?

—No m'han dit què?

—L'Abby no tenia la regla, era la primera vegada.

—Què?

—L'himen, Jasper. Li vas trencar la flor.

Puta merda. Encara podria ser pare.

No.

No de cap de les maneres.

Una cosa així no seria permesa.

De tota manera, ara tinc una idea per eliminar l'Abby Hall de Devon i assegurar l'èxit del Pla Georgia.

—Hi ha vi?

Sóc un puto destructor de flors.

—A la nevera.

—Podem anar a dalt, ara?

—Vale.

Un altre cop a dalt la Tenaya es queda adormida a la meitat d'un episodi de les *Gilmore Girls*. Provo de decidir-me: la Loralai o la Rory. No puc. Engego el portàtil de la Tenaya i jugo al Buscamines i aconsegueixo un nou rècord al nivell intermedi però això no vol dir res perquè la Tenaya juga de puta pena al Buscamines.

# CAPÍTOL 7

És dimarts a la tarda. Hem acabat les classes i la Tenaya i jo estem asseguts a Lily's amb una tetera entre tots dos. Ella porta màniga llarga. Ha provat d'anar-se'n directament cap a casa després de classe però jo li he dit que no podia.

Li ensenyo el meu pla per evitar que l'Abby Hall sigui present en els esdeveniments futurs. Té forma de carta.

Benvolguda Abby Hall,

Escrivim per informar-li que malgrat **el consum intensiu de drogues il·legals** durant els primers mesos de l'embaràs, les seves proves prenatals no han mostrat cap indicació de l'existència de gens defectuosos o anormalitats cromosòmiques en el seu fetus.

També li pot interessar saber que la relativa elasticitat dels llavis de la seva vulva, causada per unes relacions sexuals freqüents, tindrà com a resultat un part relativament indolor.

Li desitgem molta sort amb la seva gestació i esperem amb gran interès la seva visita el mes de març!

Ramad Chankrih, Cap de Nadons i Drogues i
Tal a l'hospital de London Road

La Tenaya riu i li surt un rajolí de te pel nas.

—Ningú es creurà que un metge digui aquestes coses —segons ella—. Els gens defectuosos i les anormalitats cromosòmiques no són causades per l'abús de drogues.

—Els seus pares no ho saben, això.

—És clar que ho saben, jo ho sé.

—I què?

—Els metges no fan servir signes d'exclamació.

—Els metges entusiastes sí.

—Has escrit la frase «elasticitat dels llavis de la seva vulva», Jasper. —Aixeca les celles.— Ningú es creurà que això ho hagi dit un metge.

—Sí que s'ho creuran, és una expressió científica.

La Tenaya agafa la carta i comença a llegir-ne trossos, rient.

—«Ramad Chankrih, cap de Nadons i Drogues i Tal a l'hospital de London Road». I això què?

—Són termes col·loquials. Si hi poso cap de Pediatria i Toxicologia els seus pares potser no ho entendran. M'agradaria que tinguessin molt clares quines són les implicacions d'aquesta carta.

La Tenaya omple de tinta la corona del seu paquet de Benson and Hedges. El pressiona a la cantonada dreta superior de la carta de manera que hi queda imprès en tinta un escut d'armes. M'assegura que això ha fet augmentar l'aparent autenticitat de la carta. Paguem el te i fotem el camp.

A casa, la mama i el Keith seuen a la taula de la cuina i beuen cafè. Jo em faig una tassa de te i començo a pujar cap a dalt però el Keith em parla.

—Hola, campió —diu. Em sembla que ha après aquesta expressió mirant sèries americanes—. La teva mare i jo estàvem pensant d'anar tots junts de vacances, què et sembla?

—Sona bé. —Ens assassinarà a tots dos en un país del tercer món on les forces de policia són corruptes i les podrà subornar perquè facin allò de «parar l'altra galta».

—Què et semblaria Lanzarote? —Jesús va dir «parar l'altra galta». Jesús és còmplice criminal del Keith.

—El Ping hi va anar fa dos anys i va dir que estava bé. —Molta terra erma, va dir. Perfecte per enterrar cadàvers.

—Aquest cap de setmana tens l'excursió de Psicologia, no? —pregunta la mama.

—Sí, divendres i dissabte. És a Plymouth. Anem a conèixer assassins.

—Sona molt emocionant —diu el Keith.

Ja conec el Keith, que és un assassí, i el que puc dir dels assassins i que he descobert observant-lo a ell és que saben confondre's amb la resta de gent. Els assassins poden ser camaleons socials. Cal tenir un munt de proves empíriques per poder-los fer detenir. Això vol dir que conèixer assassins segurament no serà gaire emocionant perquè provaran de semblar ciutadans normals i prosocials.

—Sí —dic jo—. Molt emocionant.

Em descarrego una pel·li de sèrie negra a l'ordinador i després fico la carta per a l'Abby en un sobre de paper marró. He aconseguit la seva adreça a la guia de telèfons, perquè sé que el seu pare es diu Amadeus. Quan la porto a correus, em pregunto breument què passa si els empleats de correus de la finestreta han d'entrar alguna carta que va dirigida a ells mateixos. Segurament la política de Royal Mail és que les han d'introduir al sistema però jo sospito que secretament se les emporten a casa. No hi penso pas gaire estona perquè tinc moltes ganes d'anar a casa a masturbar-me.

A la meva habitació, la pel·li de sèrie negra ja s'ha acabat de descarregar. No me la miro perquè, ara mateix, el meu penis és un volcà a punt d'entrar en erupció o un embassament vell i esquerdat o un núvol grassonet o una xocolatina Bounty que s'està fonent.

Vaig a www.girlsoncam.com, entro com a nick «Dr. Cigalot7» i començo una conversa amb CnyBnStrt.

CnyBnStrt: Hola
Tu: Ei
CnyBnStrt: no vull diners

Em sento insultat i flàccid. La noia sembla jove i porta un jersei del Mickey Mouse. Té les cames nues.

Tu: Val
CnyBnStrt: Què fas?
Tu: Estudio

Em sorprèn la meva honestedat.

CnyBnStrt: Jo també estudiava. Vaig haver de deixar-ho
Tu: Per què?
CnyBnStrt: Diners, necessitàvem diners. Es fan diners si et fiques coses al cul per internet
Tu: Mm
Tu: Doncs no hauries de provar de treure'm diners?
CnyBnStrt: És igual. Paguis o no m'hauré d'estar igualment cada dia davant d'aquest ordinador

Encén un cigarret. Els seus ulls són com els ulls d'un gat ancià.

CnyBnStrt: Què t'agradaria que fes?
Tu: M'és igual, tu mateixa

CnyBnStrt es treu el tanga de color vermelló. Això és un fet sense precedents. Les noies mai no es treuen la roba interior en un xat públic. Llavors es queda allà asseguda fent pipades al cigarret, amb les cuixes tan obertes com el mar Roig. Sóc Moisès.

Fico el penis a dins d'un dels mitjons de golf del Keith. M'he acostumat a fer-los servir com a instrument de venjança. Estic revenjant en secret la mort de la Margaret Clamwell a través de la guerra de masturbació de guerrilles.

Quatre minuts després el mitjó és ple i jo sóc buit.

CnyBnStrt: Has acabat?
Tu: Sí, gràcies
CnyBnStrt: De res. Em promets una cosa?
Tu: Val
CnyBnStrt: Sisplau estudia molt

Es desconnecta.

Això m'ha deixat ben desorientat. Per tal d'orientar-me escric l'esborrany d'un email que enviaré quan estigui segur que l'Amadeus Hall s'ha llegit la meva carta.

<per a: arcsirisilluernes@hotmail.co.uk>

RE: Desgràcia

Benvolguda Abby,

T'escric per felicitar-te per la teva nova adquisició, un fetus!

La Kiera m'ho va dir ahir. Em sap greu que els teus pares t'hagin castigat i que no puguis venir a l'excursió de Psicologia el dia 12, ni a la festa del xalet el 22. Estic segur que hi haurà més festes quan no estiguis prenyada, i que seran igual de divertides!

També m'agradaria confirmar-te que el bebè no és meu perquè tu i jo no vam follar. Tot i que et vaig tocar la vagina amb els dits, estic seguir al 95% que els tenia nets de semen i per tant el bebè no pot ser meu. Sisplau, no diguis a ningú que sóc el pare del teu bebè! Si ho fas anirem tots dos a *Jeremy Kyle* i farem una prova d'ADN i tothom sabrà que ets una mentidera. Ja saps què pensa el Jeremy dels mentiders. Seria una experiència molt humiliant per a tots dos (però sobretot per a tu).

També tens cabres, Abby! Me les has encomanat! Ho sé perquè vaig veure que et grataves l'entrecuix quan bevies cervesa amb l'embut, i va ser per això que et va caure i et vas tacar la samarreta de cervesa. Em vaig afaitar els pèls del pubis i vaig provar de netejar l'àrea infectada amb lleixiu i un fregall metàl·lic, però no va funcionar. Després d'una breu visita a la doctora Sarah Mathers, em va receptar una pomada de Permetrina 1 %, que està molt recomanada!

Abby, encara que m'has passat cabres i indirectament m'has deixat sense pèl al pubis i segurament diràs a les teves amigues que et vaig fecundar, espero que passis un bon estiu, i una bona gestació.

Sincerament,

Jasper J. Wolf

El propòsit d'aquest email és triple: cal esperar que convenci a l'Abby de la meva innocència pel que fa a la carta, m'eximirà d'haver de fer de pare si a la fi resultés que he deixat prenyada l'Abby Hall i també farà pensar a l'Abby que no pateix tota sola la maledicció de les cabres. Tot i que de fet sí.

Jo penso que l'Abby Hall és suggestible i que, com la Julia, es creurà totes aquestes coses que li dic.

Decideixo no ensenyar l'email a la Tenaya perquè segurament hi presentarà objeccions ètiques.

# CAPÍTOL 8

SÓN LES 7.09 AM. La mama prova de despertar-me amb la mà. La tinc a l'espatlla. Estic irritat perquè avui és dimarts, el primer dia d'estudi lliure, i per tant no m'he d'aixecar a les 7.09 am.

—No, mama, tenim estudi lliure, no m'he d'aixecar —li explico. Em plantejo breument fer servir tècniques dissuasòries més agressives (renegar).

—Sí que t'has d'aixecar, Jasper.

—De debò que no mama, sisplau, vés-te'n.

—Han trucat de l'institut, aixeca't.

M'incorporo. Tinc lleganyes a l'ull esquerre. Només se'm fan lleganyes a l'ull esquerre. El papa en deia engrunes de lluna. A vegades arreplegava tanta lluna quan dormia que als matins estava ben cec.

—Coneixies una noia que es deia Tabitha Mowai, Jasper? —pregunta la mama.

—No, mama, no coneixia una noia que es deia Tabitha Mowai, puc tornar-me'n a dormir, ara?

—Han trucat de l'institut perquè volen que aquest matí hi vagi tothom. Hi haurà un servei fúnebre per ella. Ahir a la nit es va penjar.

La mama a vegades fa una cosa, em deixa dir coses insensibles sense que jo m'adoni que són insensibles. S'espera que jo hagi acabat de parlar per revelar per què són insensibles. Em sembla que n'extreu algun plaer secret, de fer això. Una vegada em va deixar parlar tres minuts seguits sobre el nebot del Keith i jo vinga a dir que el tio no en sabia res dels carrers ni de les bandes ni de les drogues (jo tampoc, la veritat) i que no n'hauria de parlar tant. Llavors ella em va dir que el nebot del Keith havia perdut el seu germà en una baralla entre bandes i que ell mateix havia patit unes quantes ferides de bala, com li havia passat a 50 Cent, o a Eminem.

M'agradaria que la mama es casés amb l'Eminem. Em faria un rap per dir-me que m'estima molt. «Aquesta pistola i jo sempre et farem costat, fill no tinguis por». Molt maco.

Se'n va de la meva habitació sense dir res més. Així em quedo sol i en silenci amb la meva pútrida sensació d'insensibilitat.

Decideixo trucar a la Tenaya per tal de saber els detalls de l'incident.

—Hola? —dic.

—Hola, t'han trucat de l'institut?

Té la veu humida.

—Sí. Per què plores? La coneixies?

—No, però és trist.

—La gent es mor cada dia. Es veu a la tele. No plores pas cada dia.

—Això és diferent, anava al nostre institut.

—Però no la coneixies, no sabies ni quina cara feia.

La Tenaya sospira.

—Per què ho ha fet? —pregunto.

—Ja saps per què ho ha fet! —Em comença a preocupar que potser jo hi estic implicat d'alguna manera.— Era la noia del bat de beisbol.

Em sento alleujat perquè jo no vaig tenir res a veure amb la noia del bat de beisbol. L'Scott Jeppersen va ser el noi responsable de la seva humiliant ascensió a la fama feia dues setmanes. D'alguna manera la noia es va deixar convèncer de trobar un ús interessant per a un bat de beisbol, en directe per webcam. I, és clar, l'Scott Jeppersen, l'únic membre del públic, va decidir gravar-ho en vídeo amb el mòbil. Jo vaig veure el vídeo perquè el Jonah el tenia al seu telèfon. Només era porno amb mala qualitat d'imatge d'una noia anormalment jove sense pits de debò. I no és que els pits que es veuen al porno siguin de debò.

—Però això va ser fa segles.

—Tothom en parlava, encara. Algú li va omplir la taquilla de bats de beisbol.

—De debò? Els devia sortir molt car. —La Tenaya no contesta. Aquesta és una tècnica que fa servir de tant en tant per demostrar-me que he dit una cosa que és irrellevant o inapropiada.— Com ho ha fet?

—S'ha penjat amb el mitjó de rugbi de l'Scott Jeppersen, al garatge de casa seva.

—Això és interessant. Un mitjó de rugbi és prou llarg per poder donar la volta a un coll i quedar lligat a una biga?

—Ja ens veurem després, Jasper, adéu.

Em penja.

Em poso els pantalons de l'uniforme i m'assec al llit.

És estrany pensar com n'arriba a ser de fàcil acabar amb tu mateix. Potser és la decisió més important que es pot prendre i en canvi vol tan poc esforç. No has d'omplir formularis ni estalviar diners ni matricular-te en una universitat. Per creuar unes línies imaginàries dibuixades al damunt del planeta s'ha de fer molt més. Necessites passaports i visats i diners. Però si et vols morir només has de lligar-te un mitjó de rugbi al coll i desapareixes per sempre. I el teu cos se l'emportaran a un crematori on l'oncle Eb xisclarà i la mama es desmaiarà i posaran cançons de Leonard Cohen mentre tu et converteixes en cendres.

L'Scott Jeppersen es deu estar asfixiant de culpabilitat. És una mena d'assassí, però és pitjor per a ell que no pas per al Keith perquè ell no ho volia fer. L'Scott Jeppersen no es va preparar per assassinar la Tabby Mowai i per tant no tindrà la capacitat de mimesi que té el Keith. No deu haver llegit cap llibre sobre com cometre un assassinat i després actuar com si no haguessis comès un assassinat. A més, tothom sabrà que ell l'ha assassinada i en canvi ningú sap que el Keith va assassinar la Margaret Clamwell. Menys jo, i la Tenaya. Tot i que la Tenaya només compta un 50 % perquè no n'està convençuda del tot.

L'Scott és més o menys l'assassí però tothom que es va mirar el vídeo i va pensar que era molt graciós i alhora força fastigós és còmplice de l'assassinat. Si ningú hagués mirat el vídeo i l'hagués anat passant, llavors la Tabitha Mowai probablement encara estaria viva i jo encara estaria dormint i la Tenaya no estaria plorant. La Tabitha també hi ha tingut un paper important, però. La seva caiguda ha estat provocada pel seu propi defecte tràgic: la immodèstia. En Shakespeare d'això se'n diu *hamartia*. La *hamartia* de la Tabitha ha estat necessària per a la seva tràgica sort però tota sola no hauria estat suficient.

Em trec els pantalons i els bòxers i travesso el replà per dutxar-me. El Keith em veu.

—Collons, tio, no vagis en pilotes. —Jo li somric.

—Perdona, Keith.

Ell també em somriu. Probablement també és pedòfil a més d'assassí.

A la dutxa noto l'aigua que em balla damunt la pell i sé que estic viu. I la Tabitha Mowai no està viva, encara que podria estar-ho. Els seus pares diran que hauria d'estar viva, però «hauria de» no existeix. Estic trist per la seva família i també estic gelós d'ella. No estic gelós que sigui morta, estic gelós que la seva curiositat sobre la mort hagi quedat satisfeta. O no? De fet no ho sé. Jo penso que quan la gent es treu la vida, no és només per fugir d'una pressió emocional aclaparadora. La gent deixa que la seva curiositat per la mort vagi creixent fins que és molt més alta que la seva pressió emocional aclaparadora. Probablement experimenten una lleugera emoció just abans de morir. Com abans d'obrir els regals de Nadal, o abans de follar amb algú amb qui no ho has fet mai.

M'embolico una tovallola a la cintura quan surto del lavabo per si de cas el Keith s'ha amagat darrere d'alguna porta mig oberta amb la seva càmera. Després faig un cigarret i me'n vaig a l'institut.

No és inusual que al matí no mengi res de res. L'esmorzar és l'àpat menys important del dia per a la gent que fuma.

L'institut està particularment poc atractiu abans del servei fúnebre, com si també estigués de dol igual que tots els alumnes que ara ploren i que fa unes setmanes reien quan van veure el vídeo. Els vidres sense rentar sembla que s'han mudat i s'han posat encara més brutícia al damunt per mostrar respecte i els terres de fusta de plàstic brillen com uns ulls tristos. Tothom a tot arreu està en silenci. Vull dir completament en silenci, amb el cap cot i les mans a la falda. Em sembla que ningú ho entén de debò.

Els professors diuen que la gent (sobretot les noies i els homosexuals) es posen particularment emotius quan algú mor perquè els recorda els éssers estimats que han «perdut». Jo penso que la gent es posa emotiva perquè això els fa recordar que un dia ells també moriran, una cosa que la gent oblida amb molta facilitat. Tard o d'hora, això fa que la gent adopti la filosofia força arrogant de viure cada dia com si fos l'últim. Sempre se'n tornen a oblidar al cap d'un o dos dies. A Occident, la gent es pensa que emborratxar-se és la cosa més divertida que es pot arribar a fer, per això és l'activitat preferida a totes les vetlles. Jo penso que el sexe és més emocionant, o sigui que si mai vaig a una vetlla probablement provaré de «lligar-me» una noia. Això serà fàcil perquè les noies seran vulnerables. Només em sentiré una miqueta culpable després d'haver-me escorregut al damunt de les seves cares borratxes i ploroses.

M'assec al costat de la Tenaya a la sala d'actes, a les cadires incòmodes de plàstic blau que encaixen les unes amb les altres en fileres com si es donessin les mans de mala gana. No porta gens de maquillatge i, encara que me n'he adonat, no es nota diferència. Encara és força guapa. Més o menys un 8,5. Jo sóc un 7.

Entra l'Scott Jeppersen. Està plorant en un mocador que li tapa bona part de la cara. Com a assassí, haurà d'acostumar-se a amagar la seva identitat.

—Pobre Scott —diu la Tenaya.

—Què? La setmana passada vas dir que era un capullo.

—És un capullo, però ara té la mort d'una noia a la consciència.

—A veure, si tens la intenció de compartir vídeos d'una noia que es masturba amb material esportiu... —l'Ana Korsakov em dedica una mirada furiosa— ... difícilment se't pot acudir de pensar que ella estarà encantada de la vida.

—Sí, però no crec que volgués que ella es morís.

—Homicidi involuntari, doncs. Cinc anys. Ella encara està morta, i ell encara en té part de culpa.

Algú tus. El rector ha pujat a l'escenari, amb el seu vestit de ratlles primes i la familiar corbata vermella (el senyor Hutchinson és laborista, alguns dels altres professors en fan broma). Té a la mà un feix de fitxes grogues amb notes escrites. Em pregunto què hi deu posar. Segurament només els fets clau, que són:

–Tabitha Mowai, d'origen afrocaribeny, beca de menjador.
–Masturbació amb bat de beisbol, Youtube.
–Scott Jeppersen, assassí (no pas dels que van a la presó).

També hi pot haver unes quantes indicacions pràctiques per a l'orador:

– Evitar expressions que es puguin interpretar com a jocs de paraules relacionats amb el beisbol, p. ex.: «enviar la pilota a les graderies»
– Fer referència a Jeppersen com «el nòvio» i no com «l'assassí».
– No culpar els alumnes, tot i que en tenen la culpa.
– Intentar simular sinceritat, com si coneguessis bé la noia. Utilitzar la relació entre el professor Dumbledore i Harry Potter com a inspiració. Fer referència a la noia com «un membre actiu de la comunitat escolar».

Molta gent plora o permet que se li concentrin bassals a la vora inferior de les parpelles. És estadísticament molt més probable que aquesta gent no coneguessin la noia o que només la coneguessin per haver vist el vídeo, que no pas que l'haguessin conegut de debò. Això em fa sentir molt estrany. No entenc esdeveniments com aquest. Penso que dec ser un ésser humà avariat. Sóc emocionalment paraplègic i l'institut sencer està jugant a futbol.

Com que estic capficat en la meva minusvalidesa, només capto determinades paraules clau del discurs del senyor Hutchinson. Aquestes inclouen «estimada», «bonica», «intel·ligent» i «plena de vida». Retrospectivament, la noia sembla ben bé material de primera per ser delegada de classe, però no la van fer delegada de classe perquè el senyor Hutchinson s'ho està inventant tot. Al seu expedient escolar segurament hi posava «regular».

Després del servei, uns quants se'n van al pub. Jo i la Tenaya no volem anar al pub. Jo i la Tenaya anem a casa d'ella. És enorme i victoriana, amb heura arrapada a la façana com els dits enganxosos d'un pedòfil. Els seus pares van haver de demanar una hipoteca enorme per comprar-la i per culpa d'això van haver de fer les reformes ells mateixos i van haver de passar-se dels cigarrets normals al tabac i el paper de fumar. El seu pare és grassonet i rosadet i la seva mare pateix un trastorn, que de fet vol dir que és rara de collons. Tots dos porten Crocs i fan olor de romaní.

A vegades la seva mare posa vi al bullidor. A vegades orina al jardí i anuncia que està animant l'herba.

Seiem al seu soterrani amb una tetera entre tots dos. Surt fum del broc tímidament com si l'aire fos un castell enemic. La Tenaya ha deixat de plorar però només es mira la seva tassa de te. M'imagino que li toco les parpelles i que noto que encara estan humides.

—No em puc creure que ja no hi sigui —diu.

Jo no dic res. Jo m'ho puc creure perquè matar-se és molt fàcil. Fins i tot un gos ho pot fer.

Una vegada la mama va tenir una xerrada amb mi sobre el suïcidi. Em penso que és perquè la mama a vegades experimenta canvis d'humor depressius i li fa por que me'ls hagi passat genèticament. L'únic tret que he heretat de la meva mare és el cinisme. Ella em va dir: «No et matis mai, és una cosa molt egoista de fer». Jo li vaig dir que era egoista per part d'ella prohibir el suïcidi perquè en algun moment de la meva vida era possible que jo patís un dolor físic o emocional insuportable. Ella va posar cara de molt afectada i jo li vaig posar la mà a l'espatlla i li vaig dir que actualment no estava experimentant cap dolor físic o emocional insuportable. La mama va dir que ella tampoc.

Dic a la Tenaya que no vull parlar de la mort perquè és avorrit. Li pregunto si vol jugar a l'Scrabble i ella diu que sí i me'n vaig a buscar el tauler a sota del seu llit. Per culpa de l'humor que té, la Tenaya es passa tota l'estona fent paraules macabres com *sang* i *taüt* i *podrit*, encara que no són les que li poden fer guanyar més punts. Jo poso *especular*, ella posa *adéu*, jo poso *jutge*, ella posa *jasper*. Li dic que aquesta no la pot fer servir. Ella em pregunta qui sóc i li dic que no ho sé. Guanyo jo.

Puntuació final:

Jasper 315

Tenaya 185

Comença a ploure i dic a la Tenaya que me'n vaig. A fora, el cel és de ciment i les gotes de pluja són boles de coixinet. Ressonen contra el terra i s'amaguen a les meves sabates. La pluja fa olor de bosc i es menja la familiaritat d'aquests carrers. Com més xop estic, més conscient em sento. Conscient d'estar viu. I que la Tabitha Mowai no ho està. I que la Margaret Clamwell no ho està. Tinc les galtes tibants i vermelles. Les de la Tabitha deuen estar pàl·lides i com de paper. Em pregunto si als morts els surten blaus quan els colpeges. Em mossego l'avantbraç fins a deixar-hi un braçalet de marques que sembla un rellotge de polsera. Fa mal perquè estic viu i tot això em desorienta molt però sé que tinc moltes coses que m'esperen al davant, tota una vida. I la Tabitha Mowai no. I això és encara més trist que sentir fetitxisme per l'anorèxia o que la pedofília o que la gent que plora perquè se sent culpable per haver mirat vídeos porno d'algú que s'acaba de suïcidar.

## CAPÍTOL 9

EM DESPERTO A LES 10.20 AM. El sol ja està despert i s'ha instal·lat a la meva habitació. Tot és molt brillant i ple d'escalfor, com en un hivernacle. Obro les finestres i ensumo l'aire, que sempre fa olor de terra perquè la nostra veïna és una vella que fa servir el seu jardí d'hort. A vegades dóna tomàquets a la mama. La mama diu que admira la nostra veïna perquè és proactiva tot i haver perdut el seu marit. Diu que les dones poden suportar millor la pèrdua dels seus marits però que els homes no saben suportar la pèrdua de les seves dones. Això li va passar al pare de la mama. Quan l'àvia es va morir, les ungles li quedaven plenes de brutícia i no es recordava d'afaitar-se ni de dutxar-se. A vegades s'estava dies sense menjar per poder estalviar prou diners per anar amb una prostituta vietnamita que li recordava una noia de la guerra.

La mama és a treballar i el Keith dorm perquè ha

treballat de nits. Faig te i surto a fer un cigarret al pati amb el diari. La primera pàgina detalla el segrest i l'assassinat d'una noia. El món ha oblidat la Tabitha perquè el món ho deixa tot enrere. El món és un assassí despietat. No s'atura mai. Els pares de la Tabitha segurament s'han aturat. Se sentiran culpables absolutament de tot durant molt de temps. Cada cop que la senyora Mowai agafi el seu vibrador preferit hi veurà la cara de la seva filla i s'ofegarà sota una onada de culpabilitat i tristesa.

Al diari hi ha una fotografia de la noia abans de ser assassinada. La noia tenia uns ulls grossos, de color roure. M'adono que el Keith deu haver-la assassinat perquè segurament no n'hi ha gaires, d'assassins, en aquesta ciutat. M'escric el seu nom al braç. Més endavant em serà útil.

Torno a pujar a dalt i engego l'ordinador. Noto la catifa entre els dits dels peus i ho trobo tranquil·litzador. L'Abby no era al servei fúnebre, per tant els seus pares deuen haver rebut la meva carta i l'han castigada. Això vol dir que és hora d'enviar-li l'email.

Clico «enviar» i m'aclofo a la cadira. L'Abby Hall és un gran danès que no tinc ganes d'alimentar ni de treure a passejar. Vaig fer el que s'anomena una «compra impulsiva» i ara ho lamento.

Tot i que vaig veure que l'Abby es gratava l'entrecuix, no puc estar segur que tingui cabres al pubis. No me les va encomanar pas i no m'he afaitat el pèl del pubis ni he anat a veure el meu metge de capçalera. Em sentia culpable per tots els infortunis que estava experimentant l'Abby i vaig suposar que li aniria bé saber que hi havia altra gent que patia.

Hora de prendre més te. El te conté teïna, que et manté alerta però relaxat. Ho llegeixo a la capsa de bossetes de te.

El timbre xiula la seva melodia melancòlica mentre el bullidor bull. Com que ni la mama ni el Keith estan disponibles, la responsabilitat d'atendre portes i telèfons em pertoca a mi. A vegades, quan nedo en llacs de solitud, aquest deure resulta terapèutic.

—Bon dia, has acceptat Déu en la teva vida? —Parpellejo unes quantes vegades i em miro l'home fixament.

—Això sembla seriós —dic—. Val més que entri.

L'home té uns trenta anys. Porta els cabells rossos força curts, ben pentinats i enganxats als contorns del crani. Té els ulls blaus com la platja de Bondi i un vestit ben entallat i tot això vol dir que el meu monòleg interior se sent inclinat a manifestar una actitud de confiança.

Accepta un te sense sucre i adoptem posicions en sofàs adjacents.

—Tens una relació amb Déu, actualment? —pregunta l'home. Té una veu delicada, aflautada. Tinc la impressió que hi puc confiar. Espero que no abusi de la meva confiança.

—Pateixo un trastorn d'ansietat que em fa molt difícil mantenir relacions estables.

—Jehovà t'estima, siguis com siguis. —Beu una mica de te de la meva tassa de Harry Potter i em dóna un exemplar de *La Talaia*.

Els Testimonis de Jehovà creuen que, després d'una cataclísmica batalla en la fi del temps, cent quaranta-quatre mil persones ascendiran al cel. Han anomenat aquesta burgesia espiritual el «petit ramat». Els Testimonis de Jehovà no creuen en l'infern. Aquests són els únics fets que m'interessen dels Testimonis de Jehovà.

El Keith en diu «emprenyadéus».

—Quanta gent creuen vostès que anirà al cel? —dic jo. Ell em mira, després es mira el seu te gris, després em torna a mirar a mi.

—Una quantitat selecta.

—Però quants *exactament*.

No ho faig per pedanteria, estic burxant.

—Cent quaranta-quatre mil —diu.

Em sembla que se sent avergonyit. Ens observem l'un a l'altre.

—Hi ha 6.700 milions de persones al món —li dic. Ell fa que sí amb el cap.— Això m'entristeix. Vol un cigarret?

—Nosaltres no utilitzem el tabac.

Les sectes són tan opressives. Menys la família Manson. Ells van poder provar un munt de coses emocionants.

Li dic que s'esperi un moment i trec el mòbil. Aquest és el càlcul que faig amb la calculadora del meu mòbil:

144.000 / 6.700.000.000 = 0,000021492537313432835
0,000021 × 100 = 0,0021

—El 0,0021 % de la gent viva en aquests moments anirà al cel —dic jo, i li poso la mà al damunt de la cama, després em sento incòmode de seguida i la trec.

—Em sembla que me n'hauria d'anar —respon ell.

—Ho entenc.

Contemplo com el seu encantador crani ros s'allunya cada cop més. Quin home tan valent. Deu ser difícil acceptar la certesa que existeix un paradís però que és pràcticament segur que ell no hi podrà anar.

D'aquí a dos dies m'hauré oblidat d'ell, com tothom s'haurà oblidat de la Tabitha Mowai, com tothom s'oblida de tot, amb el temps.

## CAPÍTOL 10

QUAN ENS HEM CONGREGAT aquest matí davant de l'institut, l'Abby Hall no hi era. Això m'ha fet sentir alleujat i triomfador.

L'any passat a Brighton em van llegir la fortuna i em van dir: «Tindràs èxit en totes les teves empreses». Potser ara comença a fer-se realitat. Potser trauré quatre excel·lents i guanyaré el premi Booker i em tiraré la Georgia Treely. Només que aquestes coses no passaran perquè em falta motivació, talent i encant.

Ens hem assegut a l'autobús. Fa pudor de velles i de vòmits. La Tenaya llegeix Sylvia Plath i continua tossuda i callada. L'aire és xocolata. Les boques de tothom estan enfeinades amb xafarderies sexuals o patates xips amb gust de sal i vinagre. Estem aturats però el meu estómac ja ha començat a descompondre's.

El conductor de l'autobús es presenta i ens informa que es diu Ben, prova de guanyar-se la nostra complicitat amb humor (quin bus va creuar l'oceà? Colum-bus) i engega el motor. El so del motor, combinat amb el trontoll ebri de l'autobús, forma un verí lent que folra de pana el dolor palpitant de les meves entranyes.

Anem d'excursió a Plymouth amb la classe de Psicologia. És una sortida «divertida» opcional que fa les funcions de premi anticipat per la feina duríssima que farem durant els exàmens. Ens haurem d'estar en un alberg i assistir a una conferència en què ens parlaran uns quants assassins i violadors. Segurament provaran d'incloure alguna mena de gir imprevist interessant per sorprendre'ns i entretenir-nos. Em sembla que jo estaré molt cínic i m'avorriré, perquè escoltarem gent dolenta que ha fet coses dolentes i jo m'estimaria més escoltar gent bona que ha fet coses bones, tot i que això no resulta tan útil en Psicologia. O en la mena de Psicologia que fem a l'institut, com a mínim. Haurien de donar més opcions per als exàmens de nivell A: Psicologia Positiva o Negativa, perquè la nostra Psicologia se centra a aprendre coses sobre assassins en sèrie i esquizofrènics però a mi m'agradaria més aprendre coses sobre gent que està enamorada i nanos que han superat un càncer.

Algunes de les noies potser trobaran atractius els assassins. L'Ana Korsakov una vegada va comentar que Jeffrey Dahmer estava «molt bo» i era «misteriós». És un home americà que va matar disset persones i va provar de convertir-les en zombis sexuals. Algunes de les noies també podrien trobar atractius els violadors, perquè conec com a mínim tres noies que tenen la fantasia de ser violades. Per exemple, quan vaig follar amb la Sarah Ivor, ella va provar de fer que l'escanyés.

També visitarem un museu del crim el segon dia.

La senyora Norton està passant llista amb el seu gemec pelut de veu. Encara que no és professora de Psicologia, ha vingut perquè un dels professors de Psicologia ha hagut d'anar a la cerimònia de compromís civil de la seva germana. El professor de Psicologia que no ha hagut d'anar a una boda gai es diu senyor Mandalay, i fa cara d'estar particularment neguitós. Al senyor Mandalay li agrada la música folk i passar les nits a la vora del foc. Això ho vaig descobrir una nit quan la Tenaya i jo estàvem borratxos i vam començar a buscar els nostres professors solters a webs de contactes.

—Kimberley Acheman? —llegeix la senyora Norton.

—Sí.

—Sarah Asti?

—Sí.

—Imran Balki?

—Sí, senyor.

Hi ha una petita erupció de rialles. La senyora Norton és sorda.

—James Falk?

—Sí.

—Abby Hall? —Una pausa prenyada de suspens.— Abby?

Les noies que seuen a la filera del darrere ara tenen un atac de riure.

—Està de baixa per maternitat, senyoreta.

La senyora Norton mormola «pagans!» i després continua passant llista. Jo em sento lleugerament culpable però el sentiment no és aclaparador.

—Ha funcionat? —pregunta la Tenaya.

—Es veu que sí.

—Sap que ho has fet tu?

—M'he exculpat de la carta enviant-li un email sobre la carta. No m'ha contestat. Els seus pares segurament li han prohibit l'ordinador.

—Tard o d'hora ho sabrà.

La Tenaya torna al seu llibret tot girant el cap amb gran sagacitat.

L'Abby Hall no ho sabrà de cap de les maneres. I encara que ho sàpiga, no tindrà importància. Ara mateix, només estic interessat en les conseqüències a curt termini. Que són: una sortida lliure de l'Abby i una caseta de camp lliure de l'Abby. Espai per poder dur a terme el Pla Georgia. M'enfrontaré amb les conseqüències a llarg termini relacionades amb l'Abby quan elles s'enfrontin amb mi. Aquesta manera de pensar a curt termini es diu miopia. És perillosa.

—Saps què? —diu el Ping, amb la cara incrustada entremig dels dos seients de davant nostre.

—Què? —pregunto.

Com a resposta, m'ensenya una bossa de sandvitxos sorprenentment grossa plena de marihuana. Somric.

—L'excursió estarà bé —em diu, i es torna a girar.

La meva excitació indirectament induïda per la droga s'esmorteeix al llarg de les dues hores següents. La Tenaya acaba el seu llibre i se'm queda adormida a l'espatlla. Jo faig una llauna sencera de cigarrets i una de les noies de darrere amenaça de dir-ho a la senyora Norton fins que el Ping s'aixeca i diu:

—Què és això Susie? Excés d'equipatge? —(El Ping va practicar sexe oral a la Susie Smith en una festa l'any passat i després va descriure la seva vagina com «una Vienetta de pernil»). Quan el Ping es queda adormit faig servir el seu mòbil per enviar el missatge «em poses a mil» a totes les seves cosines. Em menjo una barreta de cereals i també em quedo adormit d'avorriment.

+

Urgh. Plymouth és un horrorós búnquer de formigó. Si fos una persona, seria la mena de persona que cada dia menja el mateix i es masturba mirant fotos de trens de vapor. Tots els edificis, sembla que els ha dissenyat el mateix arquitecte maniacodepressiu.

—Tothom en filera —diu la senyora Norton—. La universitat està molt a prop, hi anirem a peu.

Són les 11.47 am. Aquí tot té el color de l'avorriment i la rendició. Em recorda la mama i el Keith perquè són una parella molt resignada. No proven de millorar ells mateixos ni de fer millorar els seus fills (les filles del Keith treballen totes dues de ballarines de striptease a Birmingham) i semblen perfectament satisfets de viure a les cases més petites als suburbis menys verds i de veure reposicions de *Holby City* amb mala qualitat de reproducció. Corren en una cinta sense fi que no els està posant en forma. Per sort, aquesta mancança de la meva mare no m'ha estat transferida i jo continuaré provant de millorar en aquesta vida fins que em pugui permetre de beure suc de taronja sense diluir. Aquest és el senyal que distingeix un home que ha arribat lluny.

Quan baixem de l'autobús, la Tenaya diu «meravellós» quan veu el paisatge. La senyora Norton somriu. Llavors el Ping diu «Jesús Déu meu», cosa que li esborra el somriure.

L'única gent que veig mentre caminem tenen la cara del color de l'argila seca. Només saben mirar a terra. La vorera. La nostra doble filera és una marxa fúnebre.

Quan arribem a la universitat, un home baix i tremolós amb uns ulls amables ens porta cap a una sala llarga amb una pantalla per al projector. Somriu molt, no només a les noies. Ens asseiem a les cadires verdes de plàstic per esperar més instruccions.

—Fotem el camp ara? —diu el Ping.

—És que vull veure el violador —li dic.

—Per què?

—El comportament pervers és interessant.

—Ets molt raro, tio.

El violador resulta que és un home alt i prim amb una pell que sembla Blu Tack i mans inquietes. Quan parla, les paraules li produeixen hematomes. Em fa sentir com un individu fort, ben equilibrat. Em sembla que això forma part del propòsit d'aquesta sortida.

—Ho-ho-hola, em dic John i vaig fer una cosa dolenta i avui us en parlaré perquè pugueu aprendre de mi i ajudar-vos quan us feu grans.

La Tenaya pren notes. Ha escrit «no violar ningú» a la seva llibreta.

—A-algú es pot imaginar què vaig fer?

Gira el cap a tot el voltant. Unes quantes noies d'altres instituts aixequen la mà. El Ping també aixeca el braç.

Es veu que el violador no és conscient que ens han deixat un horari de l'acte a cadascuna de les cadires.

—S-s-sí? —diu el violador al Ping.

—Pedòfil.

Nosaltres riem tots. Les noies de l'internat ens miren amb desaprovació. La mandíbula de la senyora

Norton es tensa i els ulls li salten endavant. El violador mira a terra.

—De-de-de fet, no, va-va-vaig violar una... Va ser...

—Va violar un nen? Si va violar un nen se'l considera pedòfil igualment —anuncia el Ping.

La senyora Norton l'agafa per la caputxa i se l'emporta fora de la sala. Tothom riu. John el Violador ha forçat els llavis prims perquè li facin un somriure de plàstic. Sento una sensació molt lleugera de diversió.

—Això és fastigós! —crida algú.

—N-n-no, no vaig violar cap nen.

Una noia de l'internat asseguda a la nostra esquerra aixeca la mà. Totes porten jaquetes de punt marró que tenen uns arbres petits brodats a les butxaques. Un percentatge sorprenentment alt d'aquestes noies porten cuetes rosses que es cargolen cap avall com un raig de lleixiu quan surt de l'ampolla.

—S-s-sí —diu el violador al braç de la jaqueta.

—Per què ho va fer? —pregunta la noia—. És una cosa tan horrible.

—Tranquil·la, a tu ningú no t'ho farà —crida el Jonah.

Més rialles. Rialles com pedres amagades que només es revelen quan surten per fer ensopegar els violadors convertits en conferenciants. La senyora Norton belluga furiosament la mà per dir a en Jonah que surti de la sala i la Tenaya i jo també ens aixequem i després ens estem tots allà fora a la vorera sense saber quina cara posar.

—I ara on? —diu el Ping.

—No ho sé, aquell tio posava la pell de gallina —respon el Jonah.

—No hem pogut conèixer l'assassí —dic, entristit. Tot i que ja conec el Keith, em semblava que podia ser útil fer recerca sobre com és comparat amb altres assassins.— Jo volia conèixer l'assassí.

Abans de l'excursió, el senyor Mandalay ens va donar uns llibrets que portaven per títol *Assassins en sèrie: una guia de repàs*. Allà, hi descriu una teoria anomenada «La tríada de la sociopatia», que suggereix que les característiques infantils comunes entre els assassins són: crueltat amb els animals, obsessió amb el foc i fer-se pipí al llit persistentment passats els cinc anys. He provat de diverses maneres d'extreure detalls sobre les actituds del Keith cap a tot això:

– Crueltat amb els animals

En una festa familiar, l'any passat, vaig clavar una puntada de peu a la gosseta de l'àvia, la Missy, i vaig xiuxiuejar al Keith: «Quina puta merda de gos, eh, Keith?». Ell em va somriure, perquè li va agradar, perquè és un assassí.

– Obsessió amb el foc

Quan la mama encén un foc a la sala d'estar el

Keith s'emprenya i diu que l'hi hauria d'haver deixat fer a ell. Prova d'amagar la seva tendència a provocar focs tot assegurant que això és només perquè «les dones no en saben una merda d'encendre foc».

– Fer pipí al llit

Això va ser difícil. Al final vaig haver d'empassar-me l'orgull en nom de la recerca. Tenia gust de terra i vòmits vells. Quan el Keith va baixar un matí, me'l vaig endur cap a una banda per tenir una conversa d'home a semihome. A ell li agrada això. Li vaig confessar que m'havia fet pipí al llit i li vaig preguntar si això era normal per a un noi de la meva edat. Ell em va assegurar que no passava res. Perquè ell s'havia fet pipí al llit durant tota la seva adolescència. Perquè és un assassí.

Tots encenem cigarrets i travessem per anar a un bar que hi ha davant de la universitat. Es diu Ezee. Se senten ecos de soft jazz i de silenci ressonant al local. El Jonah demana les cerveses perquè és l'únic que té divuit anys i ens asseiem tots per beure-les.

—Què voleu fer aquesta nit? —pregunta el Ping.

—Aquesta nit no hauríem de sortir, així després podríem sortir la segona nit.

—Perquè no vols sortir, sang? —El Jonah s'ha

acostumat a dir-me «sang» perquè, molt convenientment, és al mateix temps un col·loquialisme de classe baixa que vol dir 'amic' i també una referència al meu acte sexual ebri.— L'Abby no ha vingut.

—Sí, per què no ha vingut? —diu la Tenaya, en to de burla, i girant-se per mirar-me.

—Fa Psicologia? —pregunta el Ping.

—S'asseu al teu costat —dic jo.

—Perdona, sang, no me n'he adonat perquè estava enfeinat aprenent l'assignatura mentre tu et dedicaves a mirar fixament el cony de l'Abby per veure qui abaixava primer els ulls.

Riem tots. El Ping no és dels que n'aprenen. M'estic començant a acostumar a aquestes erupcions de rialles. No em puc creure que fes sexe vermell amb l'Abby Hall. Vaig fer sexe vermell amb l'Abby Hall. Abby Hall. Sexe vermell.

Quan acabem les nostres cerveses cares, el Jonah se'n va a comprar una caixa de cerveses barates i una ampolla de vodka a una botiga, i després ens esperem davant la universitat. Quan en surt, la senyora Norton està sorprenentment estable i tranquil·la, si tenim en compte tot el que ha hagut de passar. El senyor Mandalay i ella ens porten al lloc on dormirem: el Hope House Hotel.

—Bon dia —diu la senyora Norton a la recepcionista—. Tenim una reserva per a divuit, a nom de St. Mary's.

La recepcionista tecleja alguna cosa i repassa alguns papers abans d'anunciar la seva conclusió.

—Em sap greu, no trobo res.

—Però tenim la reserva!

—Em sap greu senyora, no la puc ajudar.

La senyora Norton i la noia recepcionista es miren als ulls una estona.

—Peter, fes alguna cosa —diu la senyora Norton. Les mans se li estan inflant.

—Jo diria que tenim la reserva feta —xiuxiueja el senyor Mandalay.

La cara de la recepcionista es fractura en un somriure ben alimentat.

—Era broma! —diu. La senyora Norton no s'hi entén gaire amb el sentit de l'humor.— Benvinguts al Hope House Hotel!

+

Estem asseguts a la moqueta del nostre dormitori de vuit llits. L'Ana jau amb el cap a la falda texana del Ping i el Jonah fa cigarrets en roba interior. Té els músculs dels panxells de les cames molt prims però molt ben definits.

Un fet sorprenent sobre el Jonah és que és un catòlic devot, tot i la seva promiscuïtat. Cada cop que el Jonah folla es banya amb aigua freda per «purificar-se». Diu que aquesta és la raó per la qual no ha follat mai a l'aire lliure. Com a testimoni de la seva fe, el Jonah va deixar que un dels nois del curs superior li tatués la Verge Maria a l'esquena amb una màquina de tatuatges que s'havia comprat a eBay per cinc lliures. El noi només tenia tinta negra i per tant el dibuix només és una silueta. A vegades, quan flirteja, el Jonah deixa que les noies hi pintin amb retoladors.

—Quin és el pla? —diu el Jonah.

—Jo no vull sortir —li dic.

—Algú té vasos?

—Sí, vaig comprar l'hòstia de vasos.

El Jonah treu l'ampolla de vodka de la bossa de plàstic. En bevem tots. L'Ana no en vol. És com una cerilla encesa que em baixa per tota la gola.

—No m'agrada el vodka —diu el Ping.

—A ningú li agrada el vodka, capullo —diu el Jonah—. D'això es tracta.

Obrim cerveses i ens les bevem per alleujar la cremada. Els dits de l'Ana juguen al damunt de la mà del Ping. El Jonah posa música amb el seu iPhone.

La Tenaya em diu que vol sortir a buscar tabac i baixem les escales de formigó i sortim per les portes de conglomerat de l'hotel. La recepcionista alegre també és a fora, fent unes calades molt curoses d'un Richmond. El Ping diu que els Richmond són els pitjors cigarrets que hi ha. Diu que són molt potents per fer els homes impotents.

Fa les seves calades d'una manera ombrívola. És

l'única part ombrívola de la seva persona. És una part d'ella mateixa que només es manifesta quan fuma. És estrany veure un aspecte tan gran d'una persona revelat únicament a través dels gestos més petits, com quan el Keith fa servir clixés referents a homicidis o quan la mama pica l'ullet als meus amics. La gent mai no pot amagar prou les seves vergonyes.

—Hola —diu la recepcionista—. Sou de l'institut?

—No —dic jo.

Fotem el camp i ens acabem els nostres cigarrets en un matoll molt incòmode, perquè parlar amb gent que somriu molt i molt és més cansat que fer un triatló.

## CAPÍTOL 11

SÓN LES 8.45 AM. El meu cap és una banda de música esclafada per un camió. El Jonah ha provat de despertar el Ping arrencant-li el cobrellit i resulta que a sota hi havia l'Ana despullada, arraulida a les natges de color cafè del Ping com una sangonera mig sexy. El Ping ha renegat i el Jonah ha rigut.

—Hora d'esmorzar —anuncia el Jonah. Avui porta una samarreta blanca sense mànigues i uns texans negres molt ajustats. Els seus cabells són un niu de cera vella, posseïts pel fantasma d'un coixí.

Baixem tots a la cantina, que és com la cafeteria de l'institut però plena de gent sense sostre i de motxillers. És un «bufet d'esmorzar continental». La Tenaya es menja un croissant i jo torrades amb melmelada. Alguns dels vells s'emprenyen amb el Jonah perquè s'ha begut sencera l'ampolla de llet que hi havia per posar al cafè, i ell ho nega, tot i les restes de líquid blanc que té a la boca i que el culpabilitzen.

Ens asseiem tots en una de les taules llargues. Un munt d'homes sense afaitar cremen el Jonah amb els ulls. Potser ens haurem de barallar per sortir d'allà. L'Ana prova tota l'estona d'agafar la mà del Ping, però el Ping està provant de menjar. El resultat és una mena de batalla no reconeguda. Estan en guerra però tots dos actuen com si no ho estiguessin, com quan una noia et fa petons al coll i tu proves subtilment d'empenye-li el cap avall perquè et faci una mamada.

—Ahir a la nit vaig tenir un somni estranyíssim —diu l'Ana.

Deixo d'escoltar.

+

Som al museu del crim. Ja fa dues hores que hi som. He vist incomptables porres antigues i aparells de tortura i pistoles i objectes de l'època de l'esclavisme. Fa una estona, el Jonah ha agafat una de les caputxes del Ku Klux Klan que hi ha exposades, se l'ha posat, i se n'ha anat corrent cap a l'Imran mentre cridava «Tens els dies comptats!». L'Imran li ha clavat un cop de puny a la caputxa i la senyora Norton de poc no es desmaia. Ara el Jonah té una aurèola inflada com de verdet al voltant de l'ull esquerre.

La Tenaya i jo ens mirem una cadira elèctrica antiga d'Amèrica. Té el sobrenom de «Mama Groga». A la seva placa informativa, hi diu:

> Cadira elèctrica primerenca
>
> Inventada per Alfred P. Southwick el 1887 com a mètode d'execució per substituir la forca. La inspiració li va venir quan va veure un borratxo que moria ràpidament després de tocar uns cables elèctrics. Encara és utilitzada als Estats Units.

—No em puc creure que encara la facin servir —diu la Tenaya.

Arronso les espatlles.

—Jo sí que puc —li dic.

Al costat de la cadira elèctrica hi ha una maqueta mal feta d'Auschwitz a dins d'una vitrina cúbica de vidre. Les peces d'exhibició no estan agrupades d'una manera lògica. Al costat d'Auschwitz hi ha una de les metralladores de Bugsy Malone. Tot l'edifici fa pudor de gats i de paper humit.

—Auschwitz —diu la Tenaya. Ho diu molt fluixet.

Sé que està pensant el mateix que jo. Està pensant en el viatge que vam fer d'Història, per anar-ho a visitar. Ens vam asseure tots en un semicercle de cadires de plàstic i vam escoltar un supervivent que ens explicava a poc a poc les seves experiències. Se'l veia tan fràgil com una lionesa de nata i tenia les restes desdibuixades d'un número escrit a l'avantbraç esquerre. El senyor Glover va plorar. La Tenaya em va estrènyer la mà fins que vaig deixar de notar-la. El Jonah va experimentar alguna cosa molt semblant al contrari d'una experiència religiosa.

En general, la gent volta pel museu tocant coses amb les mans i el nas. Això passa molt sovint. L'any passat vam anar a la Tate i tothom provava de fer veure que estava interessat en l'art, però de fet l'única cosa que volien era tocar-lo. La gent es passava hores magrejant les escultures de marbre. Una cosa que he après després d'estar viu durant disset anys és que a la gent li agrada molt tocar les coses.

Coses que a la gent li agrada tocar:

– Vagines
– Coses molt cares a les botigues
– Gelatina que encara no està a punt per menjar
– Encenedors
– Colls
– Coses mortes
– Gossos
– Vidre
– Cicatrius
– Píercings
– Coses que són a terra però no hi haurien de ser
– Galtes de nadó
– Neu

– Els genolls dels altres
– Botons
– Culs

A la gent també li agrada tocar la mort. Això ho fan fent ràpel o mirant reportatges sobre Israel a les notícies. Tocar té a veure amb la curiositat. La curiositat té a veure amb la mort.

Quan ja ho hem vist tot, el Jonah insisteix que visitem la botiga de records. A la botiga de records hi venen gomes d'esborrar grogues i maquinetes de fer punta i pedretes grosses pintades de colors brillants. A tot hi posa «Museu del Crim de Plymouth». En un racó del local hi ha una senyora gran asseguda al darrere d'un taulell de plàstic gris, llegint un Maeve Binchy i fent-se un massatge als polsos amb els dits, unes òrbites lentes i regulars.

—Tot això és una merda —diu el Jonah. Llença un obrecartes de plàstic a la pila d'on l'ha tret.

La senyora gran s'encongeix. No aixeca la vista.

—Ens en podem anar? —dic jo.

El Jonah no contesta.

Se'n va cap a un expositor metàl·lic ple d'articles de broma. Pólvores pica-pica, sabó negre, caramels amb gust de pixum. Els articles de broma són la pitjor mena d'articles que existeix. Al Jonah li agraden els articles de broma. El fan sentir com si compartís un acudit privat amb tota la resta del món.

—Mira això —diu el Jonah, i em posa un paquetet a les mans. Riu histèricament. Jo giro el paquet. Hi ha una foto d'un crucifix i hi posa: «Condó catòlic». El Jonah ha doblegat completament la cintura. Riu encara més fort.— És un —més rialles—. És un —rialles—. És un condó amb la punta tallada. —Ell troba que això és molt divertit.

—Jo no ho trobo gaire divertit —dic—. Més aviat ho trobo molt irresponsable.

Tornem a la sala principal, on la senyora Norton s'està palplantada, movent els braços, provant de comptar caps.

—Escolteu tots! —diu la senyora Norton. Està dreta al costat d'un uniforme antic de policia—. Ara el senyor Mandalay i jo ens n'anirem, vosaltres us podeu quedar tanta estona com vulgueu o tornar a l'alberg o visitar la ciutat. TINGUEU EN COMPTE que el toc de queda és a les SIS EN PUNT i que tothom que no el respecti S'ENFRONTARÀ a un CÀSTIG SEVER.

Tothom fa que sí i fot el camp. El Ping i l'Ana desapareixen junts, amb els braços entrelligats com les anelles olímpiques.

—I ara què? —diu el Jonah i es treu una bossa de tabac de la butxaca de darrere.

—Jo potser me'n torno a l'alberg —diu la Tenaya. Encara va vestida amb el fantasma del Tom. El temps és l'únic exorcista possible.

Tots dos fem que sí i la Tenaya em dóna uns copets al braç i se'n va.

—Tu no te'n vas enlloc —em diu el Jonah.

—Molt bé —dic jo. Volia fer alguna cosa, de totes maneres.

—Quina hora és?

Trec el mòbil.

—Les cinc.

—Molt bé —diu—. Ara anirem a fer un cafè. Després tinc una sorpresa per a tots dos. Després de la sorpresa anirem a fer unes cerveses i ens deixarem portar per la nit.

—«Ens deixarem portar per la nit», què vol dir això?

—Vol dir que serà la sorpresa la que ens farà els plans.

—La sorpresa no és pas una puta, no?

—I una merda, si et penses que et pagaria una puta.

Ens endinsem a l'estómac gris i apagat de Plymouth.

# CAPÍTOL 12

—MEFEDRONA?

—Sí —diu el Jonah amb un somriure.

Mefedrona. La sorpresa era mefedrona. La mefedrona és una droga legal que es pot comprar per internet. Es ven com a «fertilitzant per a plantes». Et concedeix la bondat del dalai-lama i el carisma de Hitler, i l'única cosa que et demana a canvi és que després et passis una estoneta tancat a dins d'un forat negre.

—No ho sé —dic jo—. De debò?

Ara mateix no estic emocionalment equipat per sotmetre'm a fluctuacions greus d'estat d'ànim.

—No siguis marica. —El Jonah assenyala amb el cap la porta dels lavabos.

Som a la mena de cafeteria de fòrmica freqüentada per paletes i gent a l'atur. Totes les cambreres són de Polònia o d'algun lloc per l'estil. Ningú ni tan sols aixeca els ulls quan entrem tots dos al lavabo.

Amb prou feines hi ha espai a dins del vàter. A terra hi ha bassals de pixats amb rotlles de paper de vàter rebregats i xops que semblen fetus avortats.

El Jonah desembolica les pólvores, amagades en un sobre fet amb un fullet que anuncia «una nit de dubstep delirant». Fa servir el carnet de la biblioteca per fer quatre ratlles al damunt de la tapa del vàter i tots dos fem l'aspiradora. Ens deixem caure a terra. Tots dos amb l'esquena a les rajoles, ens estem uns quants minuts mirant-nos les altres rajoles. El nas crema, la gola és com una cascada fecal, i després començo a notar que em creix alguna cosa a dins del cap.

El cap em fa xup-xup.

—Estàs bé? —dic jo.

—Sí. Més?

—Paraula.

—Paraula?

—Què? Ho he sentit en un rap.

El Jonah somriu i sacseja el cap. Prepara dues ratlles més del sobre i després llepa el seu carnet de biblioteca. Ens les prenem i tornem a seure. Em sento enorme.

—Gràcies —li dic.

—De res.

—Gràcies, de debò. No ho dic com si fos gai ni res, però t'estimo, tio.

—Ja ho sé, no ens ho diem prou, jo també t'estimo, tio, som tan joves. Tot és bo —diu el Jonah. M'ha posat la mà al braç.

Jo li poso la mà a l'espatlla.

—Sí, SÍ. La gent no s'estima prou. La gent s'estima la guerra i els diners. Jo no m'estimo la guerra i els diners. T'estimo a tu.

—Sí, a la merda la guerra i els diners.

—La guerra i els diners em poden mamar la polla.

—T'estimo a tu i la Tenaya i el Ping i l'Ana.

—El Ping i l'Ana! Són tan feliços junts. Són meravellosos. Són petites estrelles.

—Es casaran i hi anirem tots.

—Sí, i els direm que sóc una passada de macos.

—Tots existint i feliços.

—A la merda la guerra i els diners!

—Casaments, això és el que hauríem de fer.

—Ens hauríem de casar tots.

—Confeti!

Les cames se'ns dobleguen com brins d'herba sota un huracà.

Sortim per la porta, un altre cop al cafè. Somriem a les cambreres estrangeres i després anem cap a la porta del carrer. En Jonah l'empeny.

—Perdó, perdó! —diu la cambrera—. No pagat!

És preciosa. És com una estrella porno o una model del *Vogue* o alguna cosa. Té uns pòmuls enormes i uns ulls enormes i jo estic contentíssim que existeixi.

—Ens sap MOLT de greu —diu el Jonah—. Sisplau, sisplau, perdona'ns.

Es treu un bitllet de vint lliures de la butxaca i l'obliga a agafar-lo. Jo en trec un de deu i faig el mateix. Trenta lliures per dos cafès.

—Molt generós —diu ella, i ens retorna els somriures.

—Ets tan preciosa —dic jo.

El Jonah i jo ens hi abraonem, i sotmetem el seu cos menut a una abraçada a tres.

—Sisplau, sigues feliç —li dic—. Et mereixes ser feliç.

A fora l'aire és preciós. Fa olor de popurri. Ens el bevem com si ens estiguéssim ofegant al mar. Ens omple de sol fins al capdamunt.

—Anem a buscar un club, escampem una mica d'amor.

—Això —dic jo—. La gent necessita saber que els estimem.

—Sí, ens fa falta cridar-ho i abraçar-los.

Són les 8.00 pm. Segurament no hi ha cap club obert. Comencem a caminar de totes maneres. Seguim els carrers.

El Jonah encén un cigarret.

—Collons, que preciós —diu.

Me'n passa un.

—Uh —dic jo.

Passem per davant d'un Testo Express, una sabateria sense marca, una botiga de sabons, un Starbucks i un Debenhams. Tot és meravellós. Un carreró s'obre a la nostra esquerra. Té les parets esquitxades amb taques escandaloses de pintura de neó.

—Cap aquí —diu el Jonah.

Entrem tots dos al carreró. Hi ha un rètol clavat a la paret de maó de l'edifici del final.

FUNKYTOWN: EL LOCAL DE LA DISCO

—Cony! —diu el Jonah—. M'encanta la música disco.

—Cony, disco, sí.

Aclarit això, entrem tots dos. No hi ha segurates a les portes perquè una disco dels setanta no és la mena de lloc on van nanos que encara són menors d'edat. És la mena de lloc on van dones de mitjana edat i homes d'una mica més de mitjana edat.

Funkytown és preciós. Hi ha música tan agraïda com himnes escolars i reverbera a la bola de discoteca. La bola de discoteca és preciosa. És com deu ser l'ull de Déu. El paper de les parets és un collage continuat de colors brillants i el terra és un mirall de fusta. Hi ha parelles que ballen i somriuen. Són felices. Jo em sento feliç per elles. Hi ha colles de gent a la barra i parelles escampades per tota la sala. Beuen combinats i són éssers humans. Tinc ganes de cridar-los: «Felicitats!».

—Felicitats! —dic. El Jonah m'abraça.

—Demanem beure —diu ell—. Demanem beure per a nosaltres i també per a aquestes DONES TAN PRECIOSES.

Ho diu ben alt perquè el puguin sentir. Necessiten sentir-ho perquè són precioses. Se'ls ha de dir. Nosaltres els ho direm. Els ho direm i les convidarem a beure i ens assegurarem que siguin tan felices com uns monjos en un bar de striptease. Tothom és un ésser humà!

Hi ha dues dones. Totes dues en deuen tenir més de trenta-cinc. Són uns fragments de sol preciosos. Una té els cabells rossos, tan llisos i tan llargs com la meva polla quan me la miro, porta un vestit estret de pics i un cinturó vermell lluent que li cenyeix la cintura. Deu veure el programa de moda de la Gok Wan. Té unes ratlles pintades al voltant dels ulls que són com el marc d'un quadre. És preciosa. L'altra té els cabells curts de color castany i porta un vestit blanc d'estiu. És preciosa.

—Què estan bevent, senyores? —diu el Jonah. Elles li diuen què beuen i ell ho demana a la barra. Jo estic totalment enfeinat sentint-me magníficament i enamorat de tot i, per tant, la veritat és que no m'adono gaire de res. El Jonah em posa una cervesa a la mà i em despentina.

—Com us ho esteu passant aquesta nit, noies?

La rossa somriu ensenyant totes les dents.

—De meravella, gràcies, i vosaltres, nois?

—Oh, anava força bé, però ara ha començat a anar molt millor —diu el Jonah.

La castanya riu.

—Vols ballar, maco? —diu, allargant la mà. El Jonah l'hi agafa i se'n van d'un salt cap a la pista de ball. Em sento molt feliç per tots dos.

Ara només quedem la rossa i jo. És preciosa. En una pel·lícula podria interpretar Cleòpatra, Helena de Troia, Keira Knightley o Reese Witherspoon. Fa olor de flors concentrades i núvols. El seu cap és un bust de marbre solar.

—No ets de ballar, doncs? —pregunta.

—Ah, jo? Què? No, podem ballar si vols. Podem fer qualsevol cosa que vulguis. Què et faria feliç? Fem el que et faci feliç.

—Oohhh —fa un soroll com si s'estigués mirant fotos de bebès—. Ets tan dolç.

—Gràcies —li dic—. La gent no és mai prou agradable. A la gent només li importen els diners i uh i els iots i els castells i aquestes coses. A mi no m'importa tot això. Ets feliç?

—Sí. —Està fent que sí amb el cap.

—Vols ballar?

—Estic bé aquí. Podem anar a ballar si vols.

—De cap manera —dic jo—. Acaba't aquesta copa, en demanaré més.

Demano més copes al bàrman. Porta una camisa de vaquer i té un aspecte vagament mexicà. Estic encantat de la vida de coneixe'l. Li dono cinc lliures de propina. Quan li dono el bitllet, li dic:

—Repartim la riquesa —i ell riu.

—Què, doncs —diu la rossa—, a què et dediques?

Per impulsat que estigui pel «fertilitzant per a plantes», sé reconèixer que en aquesta situació la sinceritat tan sols em portarà a un carreró sense sortida on acabaré sense sucar.

—Sóc agent de policia —dic—. I el Jonah és productor pornogràfic. —Em sembla que li agradarà, ser això.— Tots dos tenim vint-i-dos anys però jo sóc el més madur amb molta diferència.

La rossa riu. Té les dents com xiclets pressionats ben junts a dins del seu paquetet. Els seus llavis són del color de l'interior d'una síndria.

—I tu a què et dediques? —dic jo.

—Sóc recepcionista d'una empresa d'assegurances, i la Susie és cambrera, i no provis de preguntarme quina edat tinc. —Em pica l'ullet.

És com si fóssim els personatges d'una pel·lícula feliç. Estic lligant amb una dona preciosa en un bar i ella s'enamorarà de mi i el nostre amor florirà com un gira-sol en un estiu etern. Gràcies, Jesucrist.

Quan se li cansen les cames el Jonah torna i em burxa amb el colze perquè l'acompanyi al vàter.

—Per què heu d'anar junts al pixador? —pregunta la de cabells castanys.

—Necessito un copilot —li diu el Jonah—. No s'ha de cagar mai sol.

De fet anem al vàter per poder-nos omplir el nas/

gola/cap amb més mefedrona. En queda una pila. No hi ha perill de caure rodolant de cap turó, encara.

—És claríssim que les seves figues són nostres —diu el Jonah—. Cony, són meravelloses. Això és perfecte.

—Això és la puta hòstia —dic jo.

Sortim del vàter.

A la barra, les nostres preses han reconstruït la Gran Muralla de la Xina amb xupitos de sambuca negra. La sambuca negra és preciosa.

El Jonah abraça la castanya per darrere i li fa un petó a la galta. Ella somriu. Jo somric a la rossa.

—A punt? —diu ella.

—Quatre per cadascun —diu la castanya—. L'últim s'ho ha de fer amb el bàrman. —Tothom riu. Sóc feliç. Tots existim i interactuem. Bé per nosaltres.

El Jonah és el primer d'acabar. La rossa és l'última d'acabar. Tots tenim taques negres als llavis i al coll i al pit. Tothom somriu. Jo somric. La rossa em llepa les taques de sambuca del coll. La seva llengua fa la mateixa sensació que la cara de l'Abby Hall.

—Ei! —diu la castanya—. Se suposa que t'ho has de fer amb el bàrman, perdedora! —La rossa riu. El Jonah fa un d'aquells xiulets en què et poses un dit a dins de cada banda de la boca. Com se'n diu? Li surt molt bé. Sóc feliç.

El bàrman se'ns acosta perquè ha sentit el «fuiiit-fiuuu» del Jonah. La rossa l'arreplega per la camisa de vaquer amb la mà prima, se l'acosta i projecta la seva cara contra la d'ell. Tothom riu. Toquen una cançó dels Jackson 5. Sento cantar la gent. El Jonah canta. Tots sortim a ballar.

+

Funkytown tanca.

He arribat a la segona base amb la rossa i tinc raons per creure que el Jonah ha arribat a la tercera amb la castanya. La bona raó és que m'ha acostat els dits al nas i ha dit «ensuma col·lega». Després ens hem abraçat. Sóc feliç.

Sortim tots al carrer, on fa fred i el vent és entusiasta. Una noia que porta pantalons curts amb serrells està vomitant a dins d'un cubell i un noi amb els cabells plens de brillantina li aguanta les extensions perquè no li vagin a la cara. El Jonah riu. Jo deixo la meva jaqueta a la rossa i ella em besa. Em diu «que ets dolç» quan ho faig.

—Què, doncs, cap a casa nostra? —diu la castanya. Tots hi estem d'acord i comencem a caminar.

Casa seva resulta que és un fragment semiadossat dels suburbis. Que potser perd efecte la mefedrona? Ho dic al Jonah. Ell fa que sí. Quan entrem anem de dret al lavabo, però la castanya diu:

—Això que feu ja ho podeu fer aquí a la cuina.

I la rossa afegeix:

—Però ens ho heu de deixar tastar.

Els ho deixem tastar. El Jonah prepara vuit ratlles i les xuclem totes. Una de les noies posa música. No la reonec.

—És l'Etta James —diu la castanya. Ens abracem tots.

—Això és preciós —dic jo.

—És tan i tan preciós —diu el Jonah—. Vosaltres dos sou una passada.

—No, *vosaltres* dues sou una passada —diu la castanya.

Ens abracem tots.

La rossa se m'emporta a un sofà que fa olor de vi barat. Al darrere hi ha un piano vertical. Un gos entra a la sala com una criatura que hagués pujat per casualitat a l'escenari en plena representació.

—Aquest és el Peter —diu la rossa.

—Hola, Peter.

—Hola, Peter.

El Jonah i la castanya desapareixen. La rossa em morreja al sofà. S'ajau cap endarrere i m'estira del coll de la samarreta fins que quedo ben ajagut damunt seu. Mai no m'havia ajagut al damunt d'uns pits amb tanta experiència. Em guia la mà cuixa amunt. Jo la guio per la vora de les seves calcetes de puntes. La seva vagina sembla un fregall.

—Pugem a dalt —diu ella.

M'agafa la mà i m'arrossega escales amunt. Jo em

miro tota l'estona el seu cul preciós i penso que sóc molt feliç.

Follaré amb ella. Així practicaré. Vull ser tan bo com sigui possible per a la Georgia, a Devon. He d'exercitar la meva resistència.

El seu dormitori és... no me n'adono. Ens enfonsem sota el cobrellit. La meva samarreta cau de pressa, i els meus pantalons, i els meus mitjons. Unim les nostres forces a l'hora de provar de treure-li el vestit però cap dels dos no volem separar els nostres llavis i per tant ens és força difícil. Difícil però no impossible. Em considero un expert en l'art de treure sostenidors, aquesta part no és cap problema. Llavors estem tots dos semidespullats. Em guia entre les seves cames com si jo fos un puntet a la boca d'un Pacman. Ens morregem. La seva mà esquerra atonyina cegament la tauleta de nit a la recerca d'un condó. Troba un condó. Me'l posa. Jo entro. Sospirs. Gemecs. Sóc un io-io. La faig girar. Li bufetejo el cul i em gronxo endavant i endarrere. Sospirs. Gemecs. Dormir.

## CAPÍTOL 13

LA BAIXADA DE LA MEFEDRONA és la meva manera menys preferida d'esquiar. Comences a odiar a tothom al teu voltant. Com un pedòfil en una residència de la tercera edat. Vols estar sol. Després t'adones que en realitat no vols estar sol, només vols deixar d'existir. Vols plegar-te sobre tu mateix una vegada i una altra fins que ja no siguis enlloc. I així és com em sento ara.

No trobo l'hora enlloc. Encara és fosc. No sé on tinc el mòbil. Em poso neguitós quan no sé quina hora és. La meva gola és una carretera d'Arizona. M'acosto a la dona, em miro els seus cabells mal tenyits i m'inflo de recança. Menyspreo de debò aquesta dona, i aquesta casa. Menyspreo el Jonah, també, però hauria de trobar-lo.

Cony, si segurament té fills.

Estic en pilotes. No trobo els meus bòxers però els texans sí. La tela és com un ratllador de formatge que em grata els testicles. Cony. Jesús Déu meu, quin mal em fa el cap. D'acord, Jasper J. Wolf, posa't les piles. Ara no és el moment per tenir un 11-S existencial. T'has de moure. Trobar roba. Trobar el Jonah. Fotre el camp.

La moqueta m'emprenya els peus. Surto del dormitori i travesso el replà per anar al lavabo. Hi ha el Jonah, dret a dins de la banyera, amb la dutxa engegada. El seu tatuatge de la Verge Maria em mira com una persona minusvàlida. El Jonah està mormolant una pregària.

—Pots deixar estar aquesta merda perquè puguem fotre el camp? —li dic.

Ell es gira.

—Vés a la merda, com vols saber res de Déu, tu? Tu aniràs a l'infern.

Encara noto el residu de la mefedrona com un mar de tinta xinesa a dins del cap. Odio el Jonah. Vull desaparèixer. Per què caminem, o parlem, o ens movem?

—Sisplau, fotem el camp d'aquest puto lloc —li dic.

Ell tanca la dutxa i surt de la banyera.

—El puto cap m'està matant.

Jo m'asseguro de clavar una puntada de peu a les costelles del Peter quan sortim d'allà.

Tornem a l'alberg, i tothom és més feliç que nosaltres. O com a mínim menys malalt. El Ping i l'Ana estan arraulits l'un amb l'altre xiuxiuejant i la Tenaya llegeix al llit.

—On cony éreu? —diu el Ping.

El Jonah es deixa caure al llit.

—El Jasper i jo hem fet el pacte de no tornar a parlar mai més de res del que ha passat aquesta nit. Com a amics meus confio que respectareu aquest pacte i no provareu d'extreure'ns cap informació.

La Tenaya riu.

—Unes ties lletges?

—Pitjor —dic jo.

—Calla! —El Jonah es tapa el cap amb un coixí i gemega.

A l'autocar de tornada m'adormo a l'espatlla de la Tenaya mentre la pluja petoneja les finestres i la senyora Norton llegeix la seva Bíblia en veu alta.

SEGONA PART

# EXHUMACIÓ I FOCS

## CAPÍTOL 14

LA MAMA I EL KEITH estan muntant una llibreria d'IKEA a la sala d'estar. De moment sembla una barca. El Keith renega. La mama sospira. En el cas que es produís un Apocalipsi tots dos estarien dats pel cul perquè no tenen cap de les habilitats pràctiques exigides per sobreviure en el nostre futur distòpic. Un home capaç de matar lleons amb les mans nues segurament els dispararà i els escorxarà a tots dos. I es farà un impermeable amb les seves pells.

Estic assegut a la cuina amb un llibre de text d'Alemany, sense repassar res. És més divertit mirar-los a ells. Una casa sense envans és cinema barat garantit.

—Keith, on és el 4C? —diu la mama.

—No hi ha cap 4C, reina.

—Però mira. —Amorra les instruccions a la cara del Keith. A la mama no li agraden les instruccions.

En diu destruccions. Això és un acudit. La gent explica acudits quan no sap què més fer. S'expliquen molts acudits als hospitals, generalment aquesta mena d'acudits no són gaire bons.

—Estan malament —diu el Keith—. Les instruccions estan malament.

La mama ha quedat glaçada.

—Trucaré a IKEA —diu—. Em queixaré.

El Keith somriu.

—Per molt que t'hI KEA-XIS, no crec que et serveixi de res.

Riuen tots dos. El Keith no sap ni fer jocs de paraules. No tinc ni idea de què hi ha vist la mama. Potser té el penis de la mida d'un nen de sis mesos.

—Perdoneu —dic jo—. Hola. Sóc el Jasper. Sóc el vostre fill únic, i estic provant d'estudiar.

—Ooh —diu la mama.

—Ens han posat de cara a la paret, reina.

Es morregen. És fastigós. Pujo a la meva habitació.

Tinc el telèfon sobre el llit. Vibra. Està donant voltes sobre ell mateix com una roda de focs artificials. Em truca la Tenaya.

—Jasper? —em diu.

—Els meus pares estan provant de fer mobles —dic jo—. El Keith ha fet un joc de paraules i s'han morrejat. És fastigós.

—Estic pensant en el Tom.

—Encara?

—Va ser una part molt important de les coses molt de temps, Jasper. És igual el que tu pensessis d'ell.

Respiro fort al telèfon.

—No era un bon nòvio. És un ésser humà molt irritant.

—Jasper, no m'ajudes.

—Com vols que t'ajudi?

—No sé què fer.

—Em sembla que tinc mig gram, si vols te'l porto.

—Argh.

La Tenaya penja.

No sé què he fet malament. Ho he fet tan bé com sé. Ho he provat. «Has de mirar d'entendre l'altra gent, Jasper. Imagina't que ets ells».

El Tom era el meu nòvio i ara ja no ho és. Jo m'estimava molt el Tom. El Tom em va posar les banyes. El Tom em va deixar. El Tom té uns pòmuls preciosos. El Tom segurament es convertirà en un marxant d'art molt ric. No sé què fer ara. Tom. No sé què fer ara. Jo l'estimava.

Julia: empatia

Tenaya: talls als braços

Ràdio: l'estat mental dels adolescents que s'autolesionen es pot deteriorar si no aconsegueixen l'ajuda que demanen tan clarament quan es fan mal a ells mateixos.

Oh.

OH.

Corro escales avall i propulso el meu cos a través de la porta del carrer. Crido adéu a la mama. Vaig a tota pastilla carrer avall. Sóc un anunci de Nike.

Pel nostre carrer amunt, després cap a l'esquerra a El Cavall Afamat, per davant de l'institut, per davant d'una dona amb un pírcing a sobre del llavi i un cotxet de criatura buit, per davant de dos homes que beuen cervesa barata asseguts en una paret baixa, per davant de l'església baptista i del Happy Shopper i de casa del Ben McKay. A casa de la Tenaya.

Impulso el meu cos per damunt de la tanca al final del jardí. El seus pares crien gallines per si hi ha un Apocalipsi. Veig la Tenaya que em dóna l'esquena a l'altra banda de les portes de vidre de la cuina. Segurament té un grapat de paracetamol a la mà. L'he d'aturar.

Coses que veig a prop de les portes de vidre:

–Pala
–Test amb planta
–Banc
–Galleda de plàstic

La galleda de plàstic és l'única opció. No és un pes, no és una ploma. L'agafo i obro les portes de vidre. Li foto un cop al cap amb la galleda, tan fort com puc. Ella crida. Fa mitja volta per mirar-me. No ha funcionat. Ho torno a provar?

—JASPERQUÈCONYFOTS?

—Uh.

—Què cony estàs fotent?

Li agafo els canells i els estrenyo. Les mans se li obren com flors. No hi té paracetamol.

—Has dit que et suïcidaves —li dic jo.

La Tenaya es posa vermella.

—No és veritat.

—Hi estaves pensant.

—No hi pensava.

—Sé que hi pensaves. He après a tenir empatia.

—Calla, Jasper.

S'asseu en un dels tamborets de la cuina. Jo em quedo dret.

—No ho sé —diu ella.

—Tenia por —dic jo—. El Jonah és fastigós i el Ping té l'Ana.

—A vegades —diu ella—. No ho sé.

—Jo tampoc ho sé. Però et vaig dir que m'enviessis un missatge quan et passés. Aniré a l'Imran a comprar aquell vi de dues ampolles per cinc lliures i podem mirar *Laberint* al teu llit i et deixaré que em depilis les celles.

—Gràcies, Jasper.

—Ara posaré aigua a bullir per fer un te —li dic. Això és una cosa que diu la gent quan volen fer saber a algú que tot anirà bé però no saben com fer-ho.

Hi ha una taca a la paret de la cuina de la Tenaya

que té forma de cap de conill. Va néixer quan la mama de la Tenaya va llençar una tassa de cafè al papa de la Tenaya. Ningú no ho va netejar. Ja no hi fan reformes, a la casa.

—Has dit que posaries aigua a bullir per fer un te —diu la Tenaya.

—Només ho he dit per... —No ho entenia.— D'acord.

Pugem el te a la seva habitació i mirem episodis vells de *Sexe a Nova York* des de sota un cobrellit. El Big no es mereix la Carrie.

—Demà anirem als Dotze Gats? —pregunto.

—Suposo.

—Estan millorant.

—Després vindràs a l'Asda amb mi?

—Per què?

—Necessito comprar menjar. La mama no en compra mai. Només s'emborratxa i demana menjar a domicili.

—D'acord.

—Gràcies.

—El Ping ha dit que abans podíem anar a casa seva.

—Mm.

La Tenaya fa que sí i s'adorm. Agafo sense mirar un llibre de la seva llibreria i m'assec a l'ampit de la finestra per llegir. El llibre es diu *Les dones a sobre*. Va de les diferents maneres que la gent s'imagina que folla.

## CAPÍTOL 15

7.38 PM. EL GRUP DEL PING toca aquesta nit als Dotze Gats. Jo hi portaré la meva samarreta de llop. Als concerts pots bellugar el cos d'una banda a l'altra i el pots refregar amb el de les noies i elles no et poden ni insultar perquè se suposa que tothom s'ho està passant de conya i prou.

El grup del Ping es diu Ska Profundament Emocional. Ell pensa que els jocs de paraules són divertits. Els jocs de paraules són per als vells i per als poemes dolents. L'any passat van guanyar un concurs local i els van posar unes quantes cançons a l'iTunes i es van fer un CD. El CD es deia *A la puta merda el món lliure, Mary Jane*. Això no vol dir res.

Quan m'he vestit baixo les escales i fico el cap a la nevera. Una llum groga i freda em llepa la cara. Hi ha una ampolla de llet amb el tap blau sense obrir. Trec el tap i arrenco la cosa blanca. M'estic allà dret bevent llet.

La mama apareix darrere meu.

—Jasper —diu—. Para ara mateix. Hi ha més gent que ha de beure aquesta llet.

—Però, mama, porta bona sort beure directament d'una ampolla acabada d'obrir.

—M'és igual, Jasper, agafa un got. —Deixo l'ampolla de llet a la nevera.— Mama —li dic—. Aquesta nit vaig a veure el grup del Ping, em pots donar diners?

La mama arruga el front.

—Quant?

—Deu dels grossos.

—No diguis dels grossos, Jasper.

—Per què?

—És com parlen els de la màfia.

—D'acord. Em pots donar deu lliures, sisplau?

La mama sospira i em dóna un bitllet que treu de la bossa. Jo faig un gruny perquè sàpiga que li estic molt agraït. Surto per agafar l'autobús.

+

Obre la porta la mare del Ping. Porta una bata. Té els cabells molls. El penis se m'ha fotut a cridar a dins dels calçotets. Està emprenyat amb mi perquè no li deixo ficar-se a dintre de la vagina de la mare del Ping. Segurament té una vagina preciosa. Una gorja perfectament afaitada.

—Hola, Jasper —diu—. Són a dalt. Puja directament.

—Gràcies, senyora Lin.

Li passo pel costat i pujo les escales. El Ping, l'Ana i la Tenaya són asseguts al llit, rient. El Ping i l'Ana s'agafen les mans. Jo em pregunto què es donarà per vençut abans: el penis del Ping o la virginitat de l'Ana. Les noies es pensen que les seves virginitats són figuretes de cristall valuosíssimes. L'única cosa que són en realitat són tres minuts de vergonya seguits per un sentiment de decepció seguits per la pregunta: «En què estàs pensant?».

—Què feu? —pregunto.

—Tinc un telèfon nou —diu el Ping.

L'aixeca. Sembla una Blackberry d'imitació. No trobo que tingui cap gràcia.

—No entenc l'acudit.

—El Jonah m'ha explicat què va passar a l'excursió de Psicologia.

Empasso saliva.

—Umm. Què?

—Ja ho saps.

—Capullo.

L'Ana riu. Frígida dels collons. Em miro la Tenaya. Ella es mira el dibuix del cobrellit.

—O sigui que està a punt de saber que espera un fill.

Em foto a riure.

—Sí, sí.

—Qui parlarà? —diu la Tenaya.

—Ho faig jo —diu l'Ana.

—Tu no ho pots fer.

—Per què no?

—Per aquest collons d'accent —li dic.

—Deixa-la estar. —El Ping es plega de braços.

—No siguis marica.

—No —diu la Tenaya—. Però és que et coneix la veu. —La meva germana ha tornat de la uni —diu el Ping—. Ho farà ella.

—Ho farà?

—Sí, jo sempre trucava a l'escola fent veure que era el meu pare quan ella no hi volia anar.

El Ping surt de l'habitació i torna uns minuts després amb la seva germana. És una femella corpulenta amb el pit pla i una monocella. Porta una samarreta d'Oxford Brooks. És difícil de creure que sortís de la mare del Ping. Em sembla que la raó per la qual no volia anar a escola devia ser que la gent li deia Frida Kahlo i li clavaven els bolígrafs.

Ens diem hola i el Ping la informa de què ha de dir. Ella fa que sí. No diu gran cosa en resposta però quan el Jonah agafa el telèfon es converteix en una actriu guanyadora de l'Oscar.

Només sentim això:

—Jonah?

—Sóc la Susan, de Plymouth.

—Estic embarassada.

(Ens emmordassem amb les mans.)

—Sí, n'estic segura.

—Home, m'he fet una prova d'embaràs.
—No, gairebé sempre l'encerten.
—No ho sé, 99,7 % o alguna cosa així.
—Sí, però no és una possibilitat gaire gran, no?
—Fes-te gran, aviat seràs pare.
(L'Ana s'empassa una rialla.)
—Sí, me'l penso quedar.
—Sí, m'hauràs de donar diners fins que faci els divuit.

El Ping arrenca el telèfon de la mà de la seva germana.

—Feliç dia del pare! —crida, i penja immediatament per evitar el devessall de conys i putes i merdes que deixa anar el Jonah. Tots ens trenquem de riure.

+

12.15 pm. Jo, la Tenaya, el Jonah i l'Ana som empesos cap a totes bandes per una colla de mainada suada. Ska Profundament Emocional toquen en un escenari molt baix. El Jonah ha comprat unes pastilles. Me n'ha donat una al vàter. Ha dit que no sabia què eren. Em sento diferent. Em sento bé. Sento escalfor. És com si el grup toqués una sola nota enorme sense aturar-se. La nota s'ha fet grandiosa i s'ha empassat el local. Tots som a dintre de la nota. És el nostre castell. L'esquena d'un home sense camisa topa amb la meva cara. El Ping fa una ganyota. Les seves mans claven urpades al baix. El Ryan Samuels és el cantant. El Ryan Samuels crida i la seva cara s'ha tornat del color d'una Bíblia dels Gedeons i és possible que esclati i ens ruixi a tots amb fragments ensangonats de galta. Es llança des de dalt de l'escenari. Tots aixequem les mans. A mi em toca aguantar-lo de l'entrecuix. L'hi estrenyo. No sóc gai. El fem passar enrere. Salta a terra i li roba la cervesa a algú i torna a pujar corrent a l'escenari. El Ryan Samuels buida la cervesa al damunt de la seva gent. La gent xiscla. La gent vol més cervesa. Comencen una altra cançó. El Ping està de genolls. El Ping es pensa que és molt bo. Només toca una nota. Jo sóc a dins de la nota. Aquesta nota és la nostra nova llar, de moment, que vol dir per sempre.

+

Quan el grup ha acabat de tocar, sortim a fora a fumar. La Tenaya i jo ens asseiem en una taula de pícnic humida. La pastilla està perdent efecte. Ara només vibro una miqueta. La gent fa grupets en cercle i parla molt fort sobre la música. El Ping encara és al backstage guardant les seves coses. L'Ana surt del pub amb un rom amb coca-cola, i s'asseu a la nostra taula.

—Eh que ha sigut una passada? —diu.

—Genial —dic jo.

La Tenaya somriu.

—Què, doncs —li diu—, tu i el Ping.

—És meravellós —diu l'Ana.

—És el Ping —dic jo. L'amor és una secta.

La Tenaya em dedica una mirada que vol dir que es pensa que estic sent un torracollons.

—Però l'any que ve te'n tornes a Moscou?

L'Ana somriu. Està enamorada del Charles Manson. Cometrà assassinats perquè ell li dirà que ho faci. Ningú no entendrà per què. La policia se l'emportarà i ella no cridarà però els seus ulls seran els ulls de l'últim tigre de Bengala que quedarà a Bhutan.

—No hi torno —diu—. Em quedo. Trobaré feina en un cafè o alguna cosa per l'estil. El Ping i jo anirem a viure junts. Ell vol provar de portar el grup fins al final.

—Fins al final —dic jo—. Caram.

—Jasper —xiuxiueja la Tenaya. Em clava un cop a la cama per sota de la taula.

—L'estimo —diu l'Ana.

Les noies poden ser tan gais. Fins i tot a la Tenaya li costa mantenir el riure captiu a la gola.

El Ping surt per la porta del darrere. Està ben vermell i llueix una corona de suor. L'Ana corre cap a ell i li enterra la cara a la samarreta amarada de salmorra. Ell li besa el capdamunt del cap. La Tenaya i jo li diem que el grup ha tocat de conya. Diem que cada cop són millors i que la seva nova cançó semblava capaç d'arribar a ser un èxit a la ràdio. M'asseguro d'utilitzar l'expressió «fins al final».

Uns quants minuts després ens excusem i anem a agafar un 96 cap al parc comercial on hi ha un Big Asda. Només és un viatge curtet. La Tenaya se m'adorm a l'espatlla. La burxo per despertar-la quan arribem a la nostra parada. Ella parpelleja com si no sabés on és, i després somriu.

El Big Asda és obert les vint-i-quatre hores del dia, set dies a la setmana. 1.21am. És l'última torxa que queda encesa al parc comercial. Enormes fulles de llum cauen dels aparadors i jauen al damunt de l'asfalt nocturn com els cossos d'àngels nus.

La Tenaya treu un carro gros de la filera i passem per les portes automàtiques. La meva temperatura corporal fa un salt. Un guàrdia de seguretat que està fent un sudoku aixeca el cap. Acota una mica el cap per saludar-nos quan entrem. Sembla un home càlid i agradable. M'agradaria que la mama s'hi hagués casat.

—Primer què? —dic jo.

La Tenaya arronsa les espatlles.

Passem pel passadís dels refrigerats. Està desert. La Tenaya posa una ampolla grossa de llet amb el tap verd al carro. Jo hi poso una ampolla de batut de xocolata. Ella la treu i em pregunta si tinc vuit anys. Em suggereix que em compri un Actimel, en comptes del batut. Jo li dic que abans m'estimaria més donar diners a un heroïnòman.

Al passadís de la pasta i els llegums posa al carro una bossa enorme de llenties. Jo me la miro amb indignació. Ella encara hi afegeix panses, prunes i anacards. És massa. Quedo prostrat a terra davant del carro.

—Es pot saber què fas? —crido jo.

—Es pot saber què fas? —crida ella.

M'aixeco.

—Som dues criatures de disset anys soles en un supermercat i tu compres una puta bossa de prunes. Hauries de comprar bosses enormes de *nuggets* de pollastre i cerveses poloneses i cigarrets.

—Jasper —diu ella—. Des del dia que els meus pares van comprar aquell collons de casa l'única cosa que han fet és emborratxar-se i demanar menjar barat a domicili. Menjar indi o xinès per dinar i per sopar, i sobres de menjar indi o xinès per esmorzar. No vull haver de menjar més merda.

Això té sentit.

—D'acord.

—Vés a buscar una bossa de *nuggets* de pollastre, però.

—Val.

Faig una carrera cap a la secció de congelats i trio la bossa de *nuggets* de pollastre més gran que trobo. La Tenaya se n'ha anat a fer un cop d'ull a les verdures quan la trobo. Ha afegit al carro un enciam iceberg, tres porros, quatre tomàquets i una ceba vermella.

—Ja està? —pregunto.

—Sí, només em fan falta cigarrets.

—Faràs *nuggets* de pollastre quan tornem?

—Sí.

—I podrem mirar les *Gilmore Girls*?

—Val.

## CAPÍTOL 16

ESTIC AVORRIT. M'he passat el dia fent veure que estudiava. De fet, estava jugant a 3D Pinball Space Cadet a l'ordinador. Acabaré arribant a tenir el rang d'Almirall de la Flota. La meva perseverança serà recompensada.

6.30 pm. He fet un sopar consistent de salsitxes, puré de patates i salsa de ceba. He trucat al Jonah i li he preguntat què feia. M'ha dit que no feia res i que havia d'anar a casa seva. Ara surto de casa.

—Vaig a casa de la mare del Jonah —dic—. Adéu.

He cridat això en direcció a la sala d'estar buida.

La mama apareix del no-res.

—Vés amb molt de compte —diu—. No tornis tard.

—Sí, mama.

—A les deu, com a molt.

—A les deu és ridícul, mama.

—Ah sí?

—Sí, tornaré a les onze com a molt tard.

Tanco la porta de cop darrere meu.

He dit l'última paraula.

El bus de la línia 38 va a casa del Jonah. Només hi està set minuts. M'assec en un dels seients mig pelats i miro com el cel de fora s'escrostona com si fos pintura vella. Hi ha una dona dreta al passadís al costat del meu seient. Té la mà ben agafada a la barra. Estreny molt fort. Tot el color li ha fugit dels dits i li ha pujat als pits modestos i a les galtes d'aspecte trist. Té les ungles mossegades fins a la meitat i tacades d'esquitxos vermells.

No entenc gaire la gent.

Jo no em menjaré mai els dits.

Jo no em penjaré amb un mitjó de rugbi.

Jo no assassinaré la meva exdona clavant-li l'envà nasal al cervell d'un cop de puny.

+

El Jonah obre la porta quan toco al timbre per sisena vegada. Anem a la sala d'estar i ens deixem caure al sofà. Està mirant la versió Disney en dibuixos animats de Robin Hood. Aquella que el Robin Hood és una guilla.

—Aquest tros està bé —diu el Jonah.

Un conillet blanc petit amb un barret molt gran ha disparat una fletxa per damunt d'un mur i al mig d'un partit de bàdminton que juguen una gallina i una guineu.

—Sí.

Per raons que encara no entenc, sempre ploro quan veig gent que plora a la tele. Per això no miro mai *El milionari secret*. Espero que el futur acabi domant els cavalls salvatges dels meus ulls. Encara penso que la raó per què la Samantha Black no va voler follar amb mi l'any passat va ser perquè vaig plorar mirant *Juno* i es va pensar que era gai.

Espero que no plori ningú.

El conillet no sembla pas gaire content.

—Jonah —crida la mare del Jonah des de la cuina—. Jonah, surt de la sala d'estar, vull veure les notícies.

La mare del Jonah ha mirat les notícies cada dia des que el seu marit va morir a l'Afganistan. Només busca algú per poder renegar i insultar-lo. Insulta indiscriminadament. N'he estat testimoni sovint. Insulta Trevor McDonald, Hannah Montana i Gok Wan. Els diu cony de cabrons a tots.

—Anem a dalt i juguem a la Xbox —diu el Jonah.

—És necessari?

—Sí. Podem jugar a Halo per Xbox Live.

El Jonah sap que m'agrada escoltar gent emprenyada cridant per Xbox Live.

—D'acord —dic.

En general, no m'agraden els jocs d'ordinador perquè són avorrits i dolents per al desenvolupament del caràcter, tot i que jugar a Halo per Xbox Live està bé perquè pots conversar amb gent estrangera agressiva i després matar-los a trets. Generalment, el comportament d'aquesta mena no està permès.

A la primera partida juguem amb algú que es diu BurgerThing424, que té un accent del nord i una escopeta, que diu principiant al Jonah i després es riu d'ell. El Jonah diu a aquesta persona que és un paki de merda. Jo li pregunto al Jonah com sap que aquesta persona és un paki i el Jonah em diu que perquè BurgerThing424 sempre dispara a la gent al clatell. La veritat és que no entenc l'acudit.

El Jonah puja a dalt del dipòsit d'aigua. Diu que farà de franctirador des d'allà. Em diu que m'amagui o que vagi a donar un volt en jeep o alguna cosa per l'estil. Si intento participar en el joc, el nostre equip perdrà segur. Jo faig que sí. Només vull sentir com parlen, de fet. Em passejo pel búnquer recollint armes inútils i blindatge corporal.

—Ja ets meu, puto paki de merda —diu el Jonah, amb un gran somriure.

—No siguis racista —li dic.

—No siguis marica.

—Ni homòfob.

—No em fas por.

Per demostrar-ho el Jonah llança un gran explosiu des de dalt del dipòsit d'aigua. Tot i estar ben resguardat a dins d'un búnquer, la meva meitat de la pantalla migpartida tremola. El Jonah riu per sota el nas.

—Això és una merda —dic jo.

—Què? Tu has vist això?

—Eh? —li dic—. Vols dir aquest grapadet de píxels que has fet bellugar a la pantalla de la teva tele mentre la veu d'un aturat de Manchester que cridava: «Que et donin pel cul» ha envaït el teu dormitori?

—No siguis capullo.

—No sóc capullo, això és avorrit i ja està.

—D'acord, acabem aquesta i després podem sortir a fer un porro.

—Val.

El nostre equip acumula punts gradualment. El Jonah no es mou del seu punt estratègic i es carrega membres de l'altre equip que no paren de renéixer i corre amunt i avall pel paisatge virtual.

Jo m'acabo avorrint i començo a córrer com un boig per les àrees més perilloses.

Moro moltes vegades.

—Què cony fots? —diu el Jonah.

—Agafo la vida per les banyes —dic jo.

Ell deixa anar el comandament i sospira.

—Sortim a fora.

A fora el nostre alè fa meduses fantasma en l'aire. El fum de la marihuana m'esgarrapa les tripes. Em relaxo. Seiem a la vora de l'entarimat de fusta del pati, amb els peus tocant l'herba humida.

—Jonah —dic jo—. Tu has pensat què faràs quan s'acabi l'institut?

Ell arronsa les espatlles.

—Encara queda un altre any per pensar-hi.

—Però deus tenir alguna idea.

Aixafa el porro amb el peu per apagar-lo entremig de l'herba. Encén un cigarret normal i me'n passa un altre.

—L'exèrcit —diu—. Em sembla que l'exèrcit.

Encenc el meu cigarret. Em noto el cos tens. Provo de no ser ni escandalós i insensible.

—L'exèrcit —repeteixo.

—Ja sé què en penses, no et molestis.

—D'acord.

—I tu què?

Provo d'alterar el meu llenguatge corporal perquè es vegi menys negatiu.

—Jo seré un novel·lista premiat —dic—. Em compraré una casa a la Costa del Sol. Dormiré tot el dia i follaré tota la nit.

El Jonah riu.

—Puc venir de visita?

—Sí —li dic—. Sí que pots.

Un altre cop a dins de la casa, mirem *X Factor* des del llit del Jonah. Jo no dic res. El Jonah interromp sovint per fer comentaris.

Coses que diu el Jonah mentre mirem *X Factor*:

–Tio, hauria de guanyar ella, està en forma.

–De debò, tio, jo me la follaria.

–Aquest tio és gai o què?
–És gai.
–Tothom vota pels gais.
–Segur que la mama vota per ell.
–A tu et sembla que jo hi podria sortir?
–Jo diria que podria guanyar.

Després es posa a cantar aquella cançó d'*El Rei Lleó*.

Li dic que me'n vaig.

—D'acord —diu—. Ja ens veurem.

El Jonah em cau molt bé. Espero que no s'allisti a l'exèrcit. Podria ser un Russell Brand jove.

A fora, no veig estrelles. Les úniques llums a la negror són les coses que hi hem posat nosaltres: els fanals del carrer, els llums de les cases, els avions que piquen l'ullet. Em sento com si fos un intrús en una gran instal·lació d'art conceptual. Deixo petjades petites i enfangades.

Mentre espero l'autobús a la parada, dos nanos en bicicleta se m'aturen al davant. Només han accionat els frens de davant, de manera que les bicicletes s'aturen després d'una llarga derrapada. Porten mocadors a la cara fins a l'alçada dels ulls. Tots dos porten la caputxa posada; una de blava, una de negra. No podria estar més espantat.

—Hola, col·lega —diu el caputxa blava.

—Sí, col·lega —dic jo.

És important parlar com et parlen en situacions com aquestes.

—Porta el mòbil, col·lega —diu el caputxa negra.

Fa pudor de suor i de gos humit.

Jo no em moc.

Estic en estat de xoc.

—Porta el puto mòbil —torna a dir.

No em fa patir que em fotin un cop de puny. Em fa patir pixar-me als pantalons.

—Portalputomòbilja —diu. Una sola paraula composta molt llarga. No crec que a la gent se li enganxi.

Remeno a la butxaca. Trec la tapa del mòbil i li trec la targeta sim. A casa, posaré la targeta sim al meu Nokia 3210 vell i tot continuarà tan normal com sempre. Així n'aprendran.

Els dono el mòbil.

—Ilacartera —diu el caputxa blava.

Se m'acut la possibilitat de treure el penis i ruixar-los a tots dos amb pixum.

—No tinc cartera.

Pixum àcid groc fluorescent que els deixarà a tots dos cecs per tota la vida.

—Iperquè?

Cabrons.

—Uh.

El caputxa negra em clava una empenta.

—Au, fotelcamp.

Començo a caminar derrotat en direcció a la nit. El meu cor és un tambor que redobla.

Un dels nois em tira una pedra i em toca al clatell. M'hi poso la mà i la trec vermella. M'agradaria saber si moriré apedregat.

Una altra.

Aquest cop al coll.

Ells són els talibans, jo sóc una dona acusada falsament d'adulteri.

Començo a córrer.

A casa, a la llum càlida de la meva habitació, m'assec davant l'ordinador. Faig girar el cap. El coll em fa mal. No sé què fer. Decideixo no dir-ho a la mama. Si ho faig s'espantarà moltíssim i patirà per la meva seguretat i no em deixarà sortir de casa sense una guàrdia armada o un mastí enorme i malhumorat.

Ja sé què fer.

A vegades, quan em sento trist o malalt, poso el disc de l'Avril Lavigne i penso que el 2003 era tan i tan feliç, quan fer un petó a una noia amb gust de Panda Pops de cirera en una disco de l'escola era suficient per fer que tot semblés que no podia ser millor.

Ara estic escoltant aquell disc de l'Avril Lavigne. Estic cantant les lletres al sostre. Si la mama veiés això, li faria por que jo fos gai. No sóc gai. Sóc jove, i estic una mica espantat.

## CAPÍTOL 17

SEC A LA TAULA DE LA CUINA davant la mama. Tots dos tenim una tassa de te; la seva té dues cullerades d'edulcorant sense sucre, la meva en té quatre. Diumenge. Ella porta els seus pantalons de licra i fa olor de suor perquè s'ha estat tot el matí al gimnàs. No li he parlat del brutal assalt que vaig patir ahir a la nit. Tot just m'acabo de despertar. Els meus cabells són un grapat de palla. Són les 11.15 am.

—Jasper —diu la mama—. Espero que t'adonis que aquests exàmens són extremament importants.

—Sí, mama.

—I és molt important que facis servir els dies d'estudi lliure per estudiar.

—Molt important —dic jo fent que sí amb el cap.

—Potser prou important perquè et plantegis aixecar-te abans de migdia?

—Només són les onze, mama.

—Tant hi fa, Jasper, quan jo estudiava per als exàmens de nivell O em despertava cada dia a les set en punt del matí per poder estudiar prou.

—Jo no vull ser un... això que tu ets.

La mama sospira.

—Ets massa jove per saber què vols.

El Keith baixa les escales amb la seva bata, es frega l'ull i es grata els genitals. Té els cabells grisos aixecats en angles extravagants i arrossega les ungles grogues dels peus. És claríssim que és un assassí.

—Bon dia, figura —diu.

A vegades em pregunto com se les deu manegar per inventar-se un nom nou cada cop que em veu. Deu veure *Friends* cada dia i pren un munt de notes. M'imagino que l'interior del seu armari deu ser ple de post-its amb noms amicals apuntats per fer servir cada dia. Alguna vegada li aniré tot el dia al darrere per veure si li puc esgotar la reserva.

—Ho veus —li dic—, el Keith també s'acaba d'aixecar.

—El Keith no té uns exàmens importants a punt de caure-li a sobre.

—No ratllis tant el nano, reina, tampoc és qüestió de vida o mort —diu el Keith. No sé per què diu coses que el deixen tant en evidència. Em despentina. Té les mans tacades de sang, metafòricament.

Poso les mans a la taula. La mama se les mira i

després em mira a mi. Fa una ganyota gens atractiva. Sap que estic a punt de demanar-li alguna cosa.

—Mama —li dic, tombant el cap una mica cap a una banda per recordar-li que sóc un fill meravellós i adorable i encantador—. Si als exàmens trec unes notes que estiguin per damunt de la mitjana nacional, em podré fer un pírcing al nas? —Al mugró segurament seria massa. Al nas és raonable.

La mama deixa que la cara se li entristeixi. No troba que aquesta sigui una qüestió seriosa.

—No, Jasper —diu—. No, no podràs.

—La clau per a una bona relació mare-fill és el compromís —dic jo—. Treballaré dur a l'institut si tu em promets donar-me les llibertats personals que em mereixo.

La mama torça la boca cap a una banda. No sé què deu estar passant a dins del seu cap. La mama té una ment molt simple. No hi caben gaires pensaments.

Es tomba cap al Keith.

Ell somriu.

Es torna a tombar cap a mi.

—D'acord —diu—. El tracte és aquest. Et podràs fer un pírcing a l'orella si les notes que treus dels exàmens estan per sobre de la mitjana de l'institut.

La mama m'ha dinamitat el pla! Sap que la mitjana de l'institut és més alta que la mitjana nacional.

—A l'orella és molt gai —dic jo—. A la cella?

—A l'orella.

—Al llavi?

—A l'orella.

—Un implant dèrmic al damunt de la clavícula esquerra?

—A l'orella.

—Al melic?

—És a l'orella o res, Jasper, el tracte és aquest.

Exhalo. M'agradaria que deixés de dir tracte. La mama es pensa que presenta un concurs de la tele com el de Noel Edmonds.

—El penis, doncs?

—No siguis fastigós —diu la mama—. Un dia m'agrairàs que t'hagi impedit mutilar-te el cos.

—No és fastigós, mama. De fet és molt sensual. Augmenta l'experiència sexual per a tots dos membres de la parella. Tens el cap tan tancat.

El Keith burxa la mama amb el colze i fa un soroll sexual. La mama l'ignora. Se m'acosta molt. És la Julia.

—Jasper —diu en veu baixa, i aparta la seva tassa de te cap a una banda com si tingués por que jo m'hi amagués al darrere—. Ets sexualment actiu?

Quina situació més difícil. Decideixo fer servir un truc que he après de la Julia. Em tiro enrere, em miro el canell, encara que no hi porto cap rellotge.

—Ooh —dic—. Es veu que se'ns ha acabat el temps. Em sap greu, mama.

Pujo a dalt.

M'estiro al llit i provo de no pensar en la mare rossa. És difícil perquè la meva imaginació omple l'habitació amb una colla de gent que crida: «Que vas fer QUÈ?!» i jo no els sé respondre. Sento Los Campesinos al portàtil. M'esborro el cap amb un coixí.

Sona el telèfon.

—Jasper? —És la Tenaya.

—Sí.

—Què fas aquesta nit?

M'aixeco, miro al meu voltant, i em grato l'entrecuix.

—Jo diria que res, per què?

—Puc venir?

—És clar. —Deu estar cansada de seure tota sola amb el fantasma del Tom. Es deu haver adonat que tenir companyia de veritat és millor que tenir unes taques lletges en uns records feliços.

—Gràcies. A les sis va bé?

—I tant.

—Fins després.

—Adéu.

M'assec a la meva cadira giratòria blava (el Keith la va robar del contenidor de la seva empresa) i m'acosto a l'escriptori d'imitació fusta. Ja hi ha obert un llibre de Psicologia, espatarrat com una dona nua davant meu. De fet no, com una dona nua ni parlar-ne; és mil vegades menys seductor. Si fos una dona nua llavors estaria estudiant el seu cos amb els ulls i em passaria la mà per la polla com si fos un tub de pasta de dents sense gaire pasta a dins. Però no ho és. És una cosa sobre autisme i com detectar-lo. Jo no vull ser un detectiu d'autisme. Me'n vull anar a dormir.

+

La Tenaya arriba a les 5.30 pm. Porta un vestit blanc d'estiu i unes botes velles. Torna a estar maca i somriu. A la cuina poso el bullidor a bullir i ella s'asseu al damunt del marbre i gronxa les cames.

—Com ho portes allò de pensar en el Tom? —dic jo.

—Em sembla que ho he superat.

—De debò?

—Sí. Em sembla que superar una cosa no és oblidar-la sinó aprendre a viure amb el seu record.

—Uh-huh.

Ella riu.

—Igual que tu vas aconseguir superar l'Abby.

—Perdre l'Abby va ser molt dur —dic jo—. Vaig passar moltes nits sense dormir i moltes hores plorant amb la cara tapada entre les mans.

—Ho sap que vas ser tu?

—No n'estic segur.

—Jo diria que en té sospites.

Ens emportem les nostres tasses de te a dalt i ens estirem al llit. Poso la Feist al portàtil.

—Demà exhumarem la Margaret Clamwell —diu la Tenaya.

—Merda, sí —dic jo. Me n'havia oblidat completament.— Em sembla que el Keith té algun passamuntanyes per alguna banda, ens els podem posar.

—De debò vols portar un passamuntanyes?

—Sí, per què no?

—Home, no sembla una mica criminal?

—No ho sé, potser sí. Però de seguida que trobem el cadàver tothom sabrà que el criminal és el Keith i no nosaltres. Nosaltres serem herois.

—I si no hi ha cap cadàver?

—És claríssim que hi ha un cadàver.

—Si n'estàs tan segur.

—N'estic segur.

+

Quan em desperto l'única llum a l'habitació és un raig prim que es dispara del panell de control del reproductor de DVD. La pantalla del televisor s'ha posat en espera. La Tenaya dorm doblegada sobre ella mateixa com una ferradura al costat dret del llit, amb el vestit encara posat i ben arrugat i rebregat a l'esquena.

Baixo a la cuina i em menjo quatre Weetabix amb quatre cullerades de sucre i un quart de litre de llet. El rellotge de la cuina marca les 6.30 am, però el rellotge de la cuina sempre va deu minuts avançat. Deu minuts avançat però no pas prou avançat per passar-me la mà per la cara. M'he après el seu truc. Com a rellotge no té res més a fer que provar de fer empassar les seves bromes sense gràcia a gent que ha de ser als llocs a una hora determinada. Jo he de ser en un lloc a una hora determinada. He de salvar la vida de la meva mare.

—Té —dic, i llepo el front a la Tenaya per despertar-la. Li passo una tassa de te.— Apa, amunt. —Ens asseiem tots dos a la vora del llit bevent el te i mirant-nos el paper pintat de la paret.

—Si hi ha un cadàver —diu la Tenaya. No acaba la frase.

—Xxxt —dic jo—. Només en desenterrarem el cap i després trucarem a la policia.

—Ja ho pots fer tu, això de tocar el cap.

—D'acord, jo tocaré el cap.

El meu mòbil vibra. Un missatge del Ping. «Vns aqsta nit?». Em miro la Tenaya.

—Vols pujar al turó aquesta nit? —li pregunto.

—No ho sé, no gaire.

—Val.

Responc: «n puc sp greu, feina». Després em miro l'hora al mòbil (6.40 am) i afegeixo «qè fs dsprt?». Un segon després el Ping em respon: «ncara n he drmt».

Quan la Tenaya s'acaba el te vaig a buscar els passamuntanyes i fotem el camp sense fer soroll. A fora hi fa un típic matí brillant als suburbis. La caminada no és gaire llarga i l'única gent que veiem pel camí són un home amb sobrepès i amb una samarreta de polo que treu a passejar un pitbull del color de les castanyes, i una mare follable rossa que fa fúting vestida de licra amb una expressió a la cara seriosa i motivada. La Tenaya em renya perquè segueixo el progrés de les natges de la dona amb la mirada. Diu que aquella dona no és un objecte. Jo li dic que ja sé que aquella dona no és un objecte, però el seu anus sí.

## CAPÍTOL 18

Abans de l'exhumació he dibuixat un penis al darrere del passamuntanyes de la Tenaya, amb típex, perquè d'aquesta manera si ens veien la gent mencionaria a la policia el passamuntanyes amb penis i ells el trobarien en possessió de la Tenaya i l'arrestarien a ella i jo quedaria en llibertat. Per desgràcia, ella se n'ha adonat abans de posar-se'l i ha insistit que ens els canviéssim, o sigui que ara estic exhumant l'exdona del Keith amb un fal·lus blanc mal dibuixat al clatell.

Fa mitja hora que estem excavant el monticle sospitós només amb les mans. La Tenaya no fa gran cosa perquè no es vol embrutar les ungles de terra. Jo li he dit que això és una qüestió de vida o mort, però no s'ho ha cregut. El sol ha sortit del tot i el cel damunt els nostres caps és blau clar, tan clar com la pell de les galtes de la Georgia Treely. Per poder-me preparar per suportar l'horror que ens espera m'he estat imaginant la Georgia Treely picant-me l'ullet amb un biquini groc. La família que viu a la casa aviat es despertarà. Encara no hem trobat res.

—Em sembla que hauríem de fotre el camp —diu la Tenaya.

—Vols que la meva mare es mori?

—No crec que la teva mare es mori, Jasper.

—La gent tampoc creia que Martin Luther King moriria —li explico jo. La Tenaya sospira fort.

Jo continuo traient terra amb les mans. L'única cosa que trobo és una xapa amb un dibuix del dimoni de Tasmània. Em poso la xapa a la butxaca i continuo excavant, mentre les mans se'm tornen del color del *chow mein*. Un parell de minuts després la Tenaya em fa estirar a terra i tots dos quedem ajaguts de bocaterrosa.

—Per què cony ho has fet, això? —li pregunto.

—He vist algú que es movia a la casa.

—Doncs per què no ens hem fotut a córrer? Com vols que ens serveixi de res quedar-nos estirats a terra al seu jardí?

M'adono que una pedreta em pressiona l'entrecuix i m'hi fico la mà per treure-la.

—Jasper, què fas?

Una noia amb un pijama ple d'elefantets dibuixats surt de la casa cap al jardí. No ens veu de seguida. La pedreta encara em fa pressió al penis i al testicle esquerre. La noia es treu un cigarret que porta a l'orella i l'encén. La noia ens veu.

La Tenaya és la primera que s'aixeca. Es treu el passamuntanyes. Jo em deixo el meu posat.

—Gràcies per no cridar —diu la Tenaya.

—Què cony foteu? —diu la noia, més fluix del que esperava. El cigarret no es mou de la seva mà, i es converteix ràpidament en un cilindre de cendra. Cap dels tres no diu res. L'entrecuix em fa mal, i em canvio el penis de lloc per damunt dels pantalons.— Pots deixar de tocar-te la polla, sisplau? —diu la noia—. I treu-te aquest cony de passamuntanyes.

Em trec aquest cony de passamuntanyes.

—Em sap greu —diu la Tenaya—. Estàvem buscant el nostre gat.

—Amb passamuntanyes?

—Els rostres humans espanten el Rupert. —La noia se'ns queda mirant.— Ja marxem. Té la cara ben vermella. La seva cara és una llauna de sopa de tomàquet rebentada.

La Tenaya i jo fem mitja volta, arrenquem a córrer i saltem per damunt de la tanca al final del jardí. Correm fins que som tres carrers lluny i després ens aturem a panteixar. Faig un cigarret i l'encenc. La Tenaya m'agafa el tabac i fa el mateix. Ens asseiem en una paret baixa.

—Rupert és una merda de nom per a un gat —dic.

—És millor excusa que tocar-te la polla.

La noia fa que sí.

Un home calb agafat de la mà amb el seu fill petit pèl-roig ens passa per davant amb una expressió curiosa desplegada a la cara com un ventall oriental lleig.

—Et sembla que ho dirà als seus pares? —pregunto.

—No. —La Tenaya sacseja el cap.— S'ha despertat aviat i ha sortit a fer un cigarret. Serà més fàcil no dir res que provar d'explicar això.

Quan recuperem l'alè i acabem els cigarrets tornem caminant a casa meva per esmorzar. La mama i el Keith ja se n'han anat a treballar i per tant no ens hem d'inventar excuses. Ens asseiem a taula amb bols de Cheerios i tasses de te. Jo faig servir la meva tassa de Harry Potter i la Tenaya fa servir la tassa «la millor mare del món» de la mama. Jo no vaig comprar aquesta tassa per a la mama. El Keith la va comprar i la va embolicar i me la va donar perquè jo li donés a ella el dia del seu aniversari. Ho va fer perquè sap que sóc egoista però no vol que la mama ho sàpiga, perquè això la faria infeliç i si és infeliç potser l'abandonarà i després ell no podrà assassinar-la. No vol perdre l'oportunitat d'assassinar-la. Per al Keith, l'assassinat és encara millor que el sexe anal.

—No ha funcionat —diu la Tenaya.

—No —dic jo. Un riu de llet em baixa per la barbeta i engoleix els pèls minúsculs que hi tinc com si fossin nens petits torturats per la pobresa sota l'embat d'un tsunami.— Em sento fatal.

—Hauríem d'estudiar.

Jo no vull deixar la Tenaya sola, sobretot després d'una exhumació fallida, i encara menys en companyia dels llibres de text.

—Aquesta nit podríem anar a la festa. —Els seus braços m'ho agrairan.

—No, hem d'estudiar.

—Te'n recordes, de l'última vegada que vam pujar al turó?

La Tenaya riu.

L'última vegada que vam pujar al turó va ser quan ens agradava calar foc a les coses. Voltàvem pels suburbis més buits a la recerca de coberts i cases velles. Tots dos ens vam posar com una moto quan vam trobar aquell cobert al turó. Era tancat i el que vam fer va ser entaforar boles de paper de diari a totes les escletxes i esquerdes que vam trobar i encendre-les amb cerilles, i quedar-nos mirant-ho mentre brindàvem amb cervesa.

És una passada veure com el cobert es dissol en flames de color mandarina que inunden la llum verda jaspiada del bosc. Veig el taronja reflectit als ulls de la Tenaya. El foc escalfa el vidre de les nostres ampolles de cervesa.

Després crits.

I el soroll d'algú que gratava.

Algú que gratava desesperadament, i que venia de dins del cobert.

Un home surt corrent de l'edifici. És difícil examinar-lo perquè té parts del cos incendiades, com ara els pantalons i els cabells. Té la boca oberta. Veig que les seves dents són petits bocinets d'ivori, entreteixits amb forats negres i crostes grogues com els heroïnòmans que la senyora Thorne ens ensenyava en DVD a Educació Cívica i Sanitària.

—Cony! —crida la Tenaya, i jo sento una gran onada d'alleujament pel fet que no hagi adoptat la tendència de la seva mare d'embellir els renecs—. Collons, fes alguna cosa, Jasper.

Em miro la Tenaya i després miro a terra i després l'home que crema, que ara és molt a prop nostre i rodola per terra com un formatge llarg i prim. Em miro la Tenaya. Em miro l'home. Hauria de fer alguna cosa. Estic espantat i em sento aprensiu per què l'home podria provar de clavar-me una de les seves xeringues, cosa que em podia fer contraure el VIH que em podria provocar la SIDA que em podria provocar la mort. Em miro l'edifici. Em miro la Tenaya.

—QUÈ CONY FOTS! —crida ella, mentre em mira expectant. Sempre decebo la gent. Sóc molt egoista.

M'acosto a l'home amb el meu penis petit i encongit a la mà i el ruixo amb orina fins que em clava una puntada de peu al turmell, cosa que em fa venir ganes de tornar-li el cop. Li torno el cop. El meu acte instintiu de represàlia és seguit immediatament per una creixent sensació de culpa perquè l'home encara està cremant i jo no. Els seus ulls són més grans que cap altres ulls que jo hagi vist mai.

Continuo pixant perquè, com diu la mama, aquell home algun dia m'ho agrairà.

—Vas tenir sort que no et fotés un cop de puny a la polla —diu la Tenaya.

Agafo les nostres tasses i les porto a la pica.

—Sí —dic jo—. Què, doncs, anem a la festa?

La Tenaya torna a sospirar. Sospira molt sovint.

—D'acord.

Sóc el salvador de braços adolescents.

Deixo una nota en un post-it a la nevera.

Aquesta nit no vinc a dormir mama.
Passa-t'ho bé.
Amb amor,
el teu fill preferit
(Jasper)

# CAPÍTOL 19

4.06 pm. Som davant de casa del Ping, trucant a la porta blanca de plàstic. Obre la seva mare. Porta una samarreta de Led Zeppelin i té els llavis pintats de color rosa fluorescent. La mare del Ping és molt atractiva sexualment. Em plantejo la possibilitat de picar-li l'ullet. Decideixo no picar-li l'ullet.

Preguntem si hi ha el Ping i ella ens diu que és al llit i que hi podem pujar directament. Quan li passem per davant m'asseguro de fregar-li un mugró amb l'espatlla. Em disculpo i ella somriu. M'agradaria molt follar amb ella. Si la mare del Ping fos prostituta cometria un frau amb la targeta de crèdit per poder aplegar prou diners i comprar sexe amb ella.

A dalt, entrem al dormitori del Ping i comencem a saltar al damunt del seu cos adormit mentre fem sons escandalosos i sense sentit. Continuem fins que ell comença a cridar «fills de puta» i a clavar-nos bufetades a les cares somrients. Al final aconsegueix incorporar-se al llit.

—Quina hora és? —pregunta. Té la veu pastosa.

—Les quatre.

—Les quatre? —repeteix—. Doncs per què cony m'heu despertat?

Després de dir això es torna a tapar amb el cobrellit. La Tenaya i jo li comencem a clavar cops de puny fins que es torna a incorporar.

—Hem d'anar a buscar el Jonah —diu la Tenaya—. I després hem de pujar al turó.

—No hi estarem pas tant.

—El Jonah no vol tornar a conduir a les fosques.

El Ping es fot a riure.

—Quin cagat —diu, i s'aixeca del llit. Es queda al nostre costat, en bòxers, i es grata el cap.— Val —diu—. Val.

Ens el mirem mentre busca uns texans, una samarreta i una dessuadora amb caputxa i després baixem. El Ping agafa una torrada que la seva mare té a la mà, li fa un petó a la galta i sortim tots.

El trajecte a casa del Jonah no és llarg però el Ping l'aprofita per posar a prova uns quants acudits nous sobre l'Abby Hall que s'ha inventat.

—Ei, Jasper, què se sent quan et folles una tia que té una cara com Stonehenge? —diu quan entrem al carrer del Jonah. Fins i tot la Tenaya riu.

La mare del Jonah és a treballar i ens obre ell. Ens

asseiem al sofà amb ell, està mirant *Celebrity Big Brother*. Provem d'endevinar qui són les celebritats. Li dic al Ping que la seva mare està prou bé per ser una celebritat i ell em clava un cop de puny al braç. La Tenaya pregunta si el negre és el Will Smith. El Ping li diu racista.

—Voleu cervesa? —pregunta el Jonah.

Tots li diem que sí i ell se'n va a la cuina. Quan torna, xarrupem les llaunes i mirem la tele. Ens estem asseguts mirant una gent que s'està asseguda mirant-se.

—M'agradaria que el George Bush sortís a *Big Brother* —diu el Ping.

—El George Bush no aniria mai a *Big Brother*.

—Per què no?

—Algú li fotria un tret.

—No li han fotut un tret, ja? —pregunta el Jonah.

—No —dic jo—. Estic força segut que el George Bush encara és viu.

—Jo em pensava que algú ja li havia fotut un tret, doncs. Tots els americans estan tocats dels collons i l'única cosa que deien era que tothom l'odiava.

—Ningú ha fotut cap tret a l'Obama, tampoc —diu el Ping.

—Tothom va de cul per l'Obama.

—Perquè és negre. Ara ja no mola ser racista.

Penso en la meva samarreta del Klan i en la Julia. Me n'haig de recordar, de parlar de l'Obama amb la

Julia. El Keith va dir una vegada que era un negrot prepotent.

—Podem deixar de parlar d'Amèrica? —diu la Tenaya.

—Sabeu la germana petita de l'Ana?

—Sí.

—S'ha passat tant de temps mirant sèries americanes per la tele que ara té accent americà.

La boca se'm torça.

—Això sí que és estar cardat.

—Sí.

—La Hannah Montana està bona, però.

—Sí que ho està.

Després de *Big Brother* l'única cosa que fan és una reposició d'un episodi de *Friends* que tots hem vist sis vegades, o sigui que fotem el camp.

Hem de passar a recollir l'Ana. No és lluny. Quan arribem al seu carrer ella és allà mig cridant a una dona gran que porta un barret groc. La vella té una cara plena de plecs i de berrugues i té les parpelles mig tancades.

—La casa és cap allà —crida—. Cony de vella imbècil, vés-te'n, no em segueixis. —L'Ana és dolenta.

El Ping explica que aquella dona és la seva àvia i que també és la seva única tutora legal. Per tant, l'Ana és una néta oficial.

Al cotxe l'Ana ens explica que el seu avi va morir fa sis anys i que a vegades la seva àvia es posa les ulleres velles d'ell i s'està una estona plorant. Jo li dic el que va dir la mama, que les dones són capaces de suportar molt millor la mort dels seus marits. L'Ana diu que això és una estupidesa.

Hi ha mitja hora de cotxe fins a la clariana al capdamunt del turó i ens hem d'aturar pel camí per comprar alcohol i tabac. Quan hi arribem, el cel és fosc i el Jonah està emprenyat.

## CAPÍTOL 20

A LA CLARIANA DEL TURÓ hi crema una foguera saludable. Algú ha lligat una planxa de fusta a un arbre amb cordill blau gastat i n'ha fet un gronxador. Una noia alta que no havia vist mai hi està asseguda amb els ulls tancats i un fil de baves que li cau per la barbeta. Ketamina. Ja hi ha tres tendes muntades i la majoria dels nanos estan asseguts al damunt de mantes o de troncs en congregacions al voltant del foc. Un noi d'un curs menys que jo està assegut al costat d'una saca de llenya i en va tirant a les flames. Per un altaveu portàtil d'iPod se sent Crystal Castles.

Saludem la gent que coneixem i ens mirem els que no. Hi ha una quantitat raonable de noies atractives. La Georgia Treely no hi és, però tampoc comptava que hi fos. Els seus pares no l'haurien deixat venir i a ella tampoc no li hauria interessat gaire. Segurament és a casa seva estudiant amb una vagina decididament gens humida i Mahler de fons amb el volum baix. A la Georgia Treely li agrada molt Mahler. A la Georgia Treely no li agrada el Sam perquè una vegada a Estudis Empresarials va dir que el canvi climàtic no existia de debò.

Bevem cerveses fins que tothom decideix que ja està prou borratxo i després ens estem asseguts i prou. Al cap d'una estona el Jonah es tomba cap a mi amb una expressió de confusió a la cara.

—Jasper —diu—. Nosaltres quina generació som?

Arronso les espatlles.

—No ho sé, jo diria que la Z.

—No, som la Y —diu el Ping.

—Em pensava que érem la Generació X.

—No, capullo —dic jo—. La Generació X eren els de Van Halen i tal.

—Jo penso que hauríem de ser la Generació Cul.

—I per què cony hauríem de ser la Generació Cul?

—Perquè som la primera generació que ha rebutjat l'estigma que pesava sobre el sexe anal.

—No ho som pas.

—I tant, jo no m'acosto al cul de ningú.

—D'acord, doncs som la Generació Cony.

—Tu ets la Generació Cony.

—Sigui la Generació que sigui, no crec que nosaltres en formem part.

—Què? Per què?

—¿Exactament quin percentatge de la població mundial et sembla que són nanos blancs de classe mitjana?

—Són els nanos rics els que fan la generació, idiota, és clar que en som.

—Sí, perquè, si no, no li haurien posat a la Generació X el nom d'un grup de música punk. Li haurien posat Generació Malària o alguna cosa per l'estil.

—A la Generació X no li van posar el nom de cap grup, li van posar el nom d'aquell llibre.

—No és veritat, aquell llibre era una puta merda, li van posar el nom del grup.

—La meva mare diu que som la Generació Facebook —diu el Ping.

—Argh, m'encantaria follar-me la teva mare.

El Ping aixeca el dit del mig.

Tothom riu.

Una hora després el Jonah ens explica una cosa que fan a l'Europa de l'Est a l'estiu. Diu que fan fogueres i que després fan torns per saltar-les i que cada cop que algú hi salta pel damunt, hi tiren més llenya. Diu que ho hauríem de provar. Estem tots borratxos. Li diem que d'acord.

El Jonah diu que traurà l'ordre de participació amb el generador de números aleatoris del seu mòbil. Jo m'assec al seu costat. El que fa és apuntar l'ordre que li sembla que serà més divertit. És aquest:

Jonah
Jo
Ping
Tenaya
Ana

Quan llegeix l'ordre em somriu. El Ping protesta la situació de l'Ana però el Jonah li diu que Déu ha parlat.

El Jonah i jo saltem el foc fàcilment. Abans que salti el Ping, però, el Jonah buida tota la saca de llenya al foc. Els nanos de l'institut Baccant ens miren fixament. El Ping empeny el Jonah. Estan a punt de començar a discutir però llavors algú es fica entremig de tots dos bellugant-se com un boig.

—CONYCONYCONYAJUDEU-ME —crida—. AIGUA. CERVESA. UNA COSA FREDA. AJUDEU-ME. CONY.

—Què collons passa? —diu la Tenaya.

—ORTIGUESCONYORTIGUES. HECAIGUTOM'HANFETCAURE. AJUDEU-ME CONY. AJUDEU-ME.

Té la cara com un pastís de gerds. M'agrada el pastís de gerds. Hi ha llargues serralades de muntanyes vermelles a la seva pell.

El Jonah li tira una llauna buida de cervesa al cap. El nano se'n va trontollant, sacsejant el cap per provar de calmar la picor.

La Tenaya fa sorollets de desaprovació.

—No l'hauríem d'haver ajudat?

—No —diu el Jonah—. Aquell tio és un capullo.

—No el coneixes.

—Se li veu a la cara. A més, si no fos un capullo, ningú no l'hauria fet caure a les ortigues.

—Potser el que l'hi ha fet caure era un capullo.

—Tu ets un capullo.

## CAPÍTOL 21

QUAN EL CEL ÉS NEGRE DEL TOT, la Tenaya seu i es mira les mans a la llum del foc. Això vol dir que segurament el cap se li està ennuvolant. Necessita bellugar-se. Li pregunto si vol anar a caminar. Ella fa que sí sense cap soroll i ens aixequem tots dos. Tots els altres estan borratxos i en plena conversa o morts de riure, i ningú no ens veu.

Sortim de la clariana. L'única llum és la llum de la foguera. S'escola en franges entre els troncs dels arbres. Seguim les pautes que dibuixa al damunt de la terra i les fulles. Quan s'esmorteeixen i s'esvaeixen, em trec el mòbil de la butxaca i el faig servir de llanterna. Pugem una mica més i després tombem cap a l'esquerra fins que sortim al camp costerut on hi ha el roure ennegrit per un llamp. Ens podem asseure a les branques baixes de l'arbre i veure allà baix totes les llums dels carrers i les finestres il·luminades. Jo fumo i la Tenaya gronxa les cames. Es treu les sabates amb un cop de peu i les deixa caure entremig de l'herba alta.

—El Tom té nòvia —diu la Tenaya.

De la butxaca de l'abric es treu una ampolla petita de vodka de supermercat i en fa un glop. Me la passa. Té gust d'hospitals. L'hi torno i ens estem asseguts una estona sense dir res.

—Qui és? —pregunto.

—La Lydia Jenkins.

—La d'un curs més amunt que només té nou dits?

La Tenaya riu.

—No, la d'un curs més avall que sempre porta una bandana al cap.

—Ah —dic jo—. Ella.

—Encara no ho he superat —diu.

—Ja ho sé —li dic jo.

Em torna a passar el vodka i es gira cap a mi. Una de les finestres s'apaga. Se n'encenen unes quantes més. Jo em giro cap a ella. Té les parpelles mig tancades i les mànigues de l'abric ben estirades fins a tapar-li els artells dels dits.

—Aviat serem vells i jo tindré un barret fort i tu tindràs un labrador —li dic—. No te'n recordaràs de la seva cara.

—Des d'aquí dalt ho podem veure tot —diu ella—. Però encara no hi som, aquí dalt.

Ens passem el vodka l'un a l'altra una estona, i ens mirem els llums de baix i ens preguntem quins seran nostres, un dia. Faig un cigarret per a cadascun i fem cèrcols de fum que floten en l'aire aspre. Després d'una estona la Tenaya diu que té fred i em pregunta si ens en podem anar. Diu que podem tornar caminant. Hi estarem hores però dic que sí i trec el mòbil per fer-lo servir de llanterna mentre travessem els arbres per anar cap a la carretera.

El camí per baixar del turó fa molt pendent i és difícil i és ple de sots. Ens aturem de tant en tant per fer cigarrets i ajaure'ns d'esquena. Al mig de la carretera la Tenaya m'agafa la mà i diu no ho sé.

Un cotxe baixa del turó i fa un soroll com un home asmàtic. S'atura al nostre costat. El cotxe és un Citroën vell amb el capó arrodonit i els fars clavats al damunt d'un parell de tiges com els ulls d'una caricatura. Un home treu el cap per la finestra oberta. El cap té un núvol de cabells blancs amb un casquet de roba reposant-hi al damunt.

—Què passa? —diu el cap—. On aneu?

La Tenaya em mira i jo faig que sí. Sabem que no hauríem de pujar a cotxes com aquest, però estem borratxos i a més el cotxe fa olor de maria i això vol dir que l'home no es podrà moure gaire ràpid i que podrem fugir si prova de matar-nos o violar-nos. La Tenaya diu l'adreça al cap.

—Genial —diu el cap—. Pugeu.

Jo m'he d'asseure al seient de davant perquè un dels de darrere està ocupat per un motor de cotxe.

Quan ja hem pujat l'home encén un porro i es posa en marxa. Condueix en silenci una estona i després deixa de mirar la carretera i em mira a mi.

—Com et dius? —pregunta.

—Jasper —li dic.

—Has fet mai una bar mitsvà, Jaz?

—Jasper —dic jo—. I no, mai. Els meus pares són cristians.

—Has tingut sort. Seure allà llegint aquell cony de totxo de llibre al davant de tota aquella mainada. T'embarbusses i els teus pares et miren com si t'haguessin de follar viu. És com quan t'enxampen fent-te una palla a dins d'un mitjó. Puta merda. No deixis mai que et facin fer una bar mitsvà. Jo no vaig poder triar, és clar.

—Merda —dic jo. La Tenaya vomita rialletes. El jueu no se n'adona.

—Sí, merda. Ser jueu és una putada. —Fa una pipada al porro. Els dits se li crispen. El jueu no mira la carretera, es mira les mans. El cotxe fa unes quantes esses poc violentes i la roda esquerra de davant toca la vorera i el cotxe fa un sotrac. Pel retrovisor, veig com la Tenaya obre la boca. El jueu salta i torna a aixecar el cap. Es queda en silenci una estona.

—No sóc jueu. De debò, no. Saps què sóc? —Jo sacsejo el cap.— Sóc un deixeble del cony.

Jo no dic res. La Tenaya riu més fort.

—T'has llegit mai la Bíblia, Jaz?

—No.

—Jo m'he llegit la Torà. M'he llegit la Bíblia. M'he llegit l'Alcorà. No te'n llegeixis cap, m'has sentit?

—Sí.

—Només són les paraules de Déu després de mil anys de jugar al joc del telèfon. És el joc del telèfon, però de l'hòstia. Has jugat mai al joc del telèfon a escola, Jaz?

—És clar, unes quantes vegades.

—La mestra sempre comença amb una frase molt normal de debò, sí o no? Hi ha uns quants nanos que la senten perfectament bé perquè el nano del costat la diu bé però ells pensen que serà la puta hòstia de divertit canviar-la. Hi foten un cony o un collons o una puta o una merda, sí o no?

—Sí, me'n recordo.

—Els nanos ho fan per anar de guais. «Ei, tio, saps el nano que ha deixat anar "negrata" a l'hora del pati, tio, aquell nano és una passada».

Jo faig que sí amb fervor. Ell em passa el porro.

—La Bíblia és això, Jazzy. No és la paraula de Déu. És la paraula de Déu amb uns quants cony i collons i merda colats a dins. Només que a la Bíblia no hi diu mai ni cony ni collons ni merda. Saps què hi diu?

Jo no responc. Estic mastegant l'aire espès. El fum de la marihuana flota en petits núvols entre els nostres caps.

—Hi diu: «Dones tapeu-vos el cap i gais cremareu

a l'infern i nanos no us atreviu a fer servir condons i mama què fots treballant el sàbat»?

Es mira una estona el sostre del cotxe. Jo m'hi afegeixo. El sostre. Hi ha amples cèrcols de color marró producte dels seus cigarrets, estampats al plàstic com les rodelles d'unes tasses de te gegants. Ens els mirem fins que el cotxe torna a fer una essa.

El jueu em fa senyal perquè agafi el volant mentre ell fa un altre porro i l'encén. El sento xiuxiuejar en veu baixa: «Fuma-te'l com si fos una tia».

—Ei, Jazzy.

—Sah.

—Vols saber quina va ser de debò la paraula de Déu?

—Sah.

—Va dir «Folla't el cony d'aquella puta, tio».

Quan arribem a casa de la Tenaya donem les gràcies al jueu i ell murmura res de bar mitsvà i em passa un porro. Li dóna la mà a la Tenaya i després prova de fer-li un petó, però ella se n'aparta. Els ulls no li canvien de forma. Està acostumat que l'apartin, em sembla.

Anem directament al soterrani de casa de la Tenaya i ella posa el bullidor al foc per fer te. La seva mare està asseguda a la taula amb una ampolla de vi negre. Té taques vermelles al voltant de la boca i la brusa és plena de taques, apilonades com un arxipèlag després d'anys de guerra.

Diu a la Tenaya que el seu pare és un puto pou de merda.

A mi em diu que sóc un bon nano.

Al llit la Tenaya i jo ens posem amb les esquenes l'una contra l'altra. No encaixen gaire bé però la sensació és agradable. Abans d'adormir-se em diu que *Waldeinsamkeit* és una paraula alemanya que vol dir: la sensació d'estar tot sol en un bosc.

## CAPÍTOL 22

LES PARETS D'AQUESTA HABITACIÓ són del color de la benzina. Hi ha un noi al racó que porta un collaret de fusta i que acarona els cabells a una noia sense cara. Números de color verd desfilen per damunt del terra.

—Vés amb compte amb els números —diu el nano.

—Per què?

—Matrix —diu—. La puta Matrix.

Agafo un gerro de terra i el llanço contra la paret. Es trenca. Les peces s'escampen per l'habitació.

—Vigila —diu el noi.

Agafo un canelobre de la lleixa de la llar de foc i el llanço al noi. L'encerta al cap. Li baixa sang pel front, per les valls a cada banda del nas, per les comissures de la boca.

—Estàs com una puta cabra —diu. Agafa la mà

de la noia i se l'emporta cap a dins de la llar de foc. Corren cap a la negror.

—No —crido jo—. Pareu.

Agafo fotos emmarcades de res en concret que són al damunt de la tauleta de centre i les llanço a la llar de foc. S'encongeixen i desapareixen. Em trec els pantalons i els llanço a la llar de foc. Hi llanço el meu jersei i la samarreta i els mitjons.

—No —dic. M'arrauleixo al damunt de la catifa fet una bola.— No.

Hi ha un passamuntanyes negre a l'ampit de la finestra. Hi han pintat un crucifix al clatell. El veig des de terra, fet una bola. M'aixeco i me'l poso.

Surto de la casa.

El Jonah és al jardí. Un camp de blat. Un sol de color rosa salmó tan ample com el món. Està tallant troncs amb una destral tan llarga com el seu braç. Al darrere hi té una cabana de troncs a mig construir. No s'atura quan m'hi acosto.

—Què cony és aquesta cosa? —diu.

—Quina cosa?

—Aquesta cosa que portes al cap.

Em passo les mans pel cap.

—És una metàfora —dic—. Mostra que puc estar envoltat de gent i malgrat tot sentir-me sol i anònim.

Parteix un tronc per la meitat. Les meitats surten volant en direccions oposades com si fossin imants invertits.

—Treu-t'ho —diu el Jonah—. Sembles un capullo. I torna a dintre. Si t'estàs gaire estona més aquí fora t'hauré de fer un taüt.

—No m'agrada, ser a la casa.

—Doncs aixeca't del terra de la sala d'estar.

Giro cua i torno cap a dintre. Les parets d'aquesta habitació són del color de les tulipes. El terra d'aquesta habitació és de gespa artificial.

A la cuina, la Tenaya surt de dins d'un forn. S'arrossega fins als meus peus i s'aixeca. La seva cara és a prop de la meva.

—Treu-t'ho, Jasper —diu.

—No.

—Treu-t'ho.

—No.

Agafa el passamuntanyes amb totes dues mans i estira. Jo li colpejo la mandíbula amb la mà. Se li trenca. Cau al terra de linòleum. Té la meitat de la cara vermella de sang. És un ós que s'ha estat afartant de peix. Té un atac com d'epilèpsia. Tiba tant i tant els llavis que li toquen el nas i la barbeta.

—Què fas? —diu.

—Estic participant en una escena onírica —crido jo—. Per a la meva novel·la. La meva novel·la. Oferirà als lectors una visió dels meus sentiments interiors. Allargarà el llibre.

—Què fas, Jasper?

—Una escena onírica —crido.

—Què fas?

—Somio. —crido.

—Jasper?

—Somio.

—Jasper?

La Tenaya està asseguda a la vora del llit, em sacseja l'espatlla amb la mà. Té la mà petita i freda. Porta el vestit blanc d'estiu i té dues tasses de te a l'altra mà.

—Bon dia —diu.

Em frego els ulls i li somric. Tinc ganes de plorar, però no ho faig.

—Bon dia. —Agafo la tassa de te que em passa i m'incorporo.

—La mama està borratxa —diu—. M'ha dit que el papa ha fotut el camp i que no tornarà mai més.

—Estàs bé?

—Estava esperant que se n'anés. Si se'n va, la mama no tindrà ningú amb qui discutir.

—Podria discutir amb tu.

—Provaré de no acostar-m'hi.

—A tu et sembla que les coses milloraran?

—No ho sé.

—Val.

# CAPÍTOL 23

ÉS IMPORTANT APROVAR els exàmens que s'acosten per diverses raons:

- Perquè la cara de la mama no es posi vermella com un tomàquet i no li pugi el to de veu i no deixi de donar-me diners per poder comprar cervesa i drogues.
- Per poder continuar estudiant el curs que ve a l'institut, no haver de patir per trobar feina i participar en la vida durant un any més.
- Per poder anar a la universitat, no haver de patir per trobar feina i participar en la vida durant tres anys més.
- Perquè la Georgia Treely pensi que sóc un home que arribarà lluny i que serà un marit treballador i un bon pare per als seus fills.
- Perquè la Tenaya no em pegui.

Sóc a la banyera, pensant aquestes coses. Tinc a les mans un llibre de text de Filosofia i Religió. Llegeixo que hi havia gent que creia en Déu perquè havia tingut visions de la Verge Maria. Hi ha una imatge molt gran de la Verge Maria amb un vestit blau i amb cara d'estar tranquil·lament satisfeta. M'avorreixo. El llibre diu que els éssers humans poden tenir al·lucinacions a causa d'un estrès emocional intens. Em pregunto si tindré al·lucinacions per l'estrès emocional que em provoquen les constants maquinacions assassines del Keith. Espero que l'al·lucinació sigui de la Georgia Treely masturbant-se amb un raspall de dents.

Doblego el llibre de text de manera que només es vegi la imatge de la Verge Maria i l'aguanto només amb una mà. M'enfonso a l'aigua fins al coll i poso el llibre al damunt del meu cap. Hi acosto la cara fins que el nas de la Verge Maria gairebé toca el meu. La imatge em tremola a la mà mentre em masturbo. Després, estintolo el cap i veig com floten tristament a l'aigua de la banyera les petites illes que ha format el meu semen.

Després el llibre de text parla de la Trinitat. No hi ha material per fer palles, aquí, i m'estic una estona llegint i prou. La Trinitat és un diagrama d'un triangle amb El Pare, El Fill i L'Esperit Sant escrit als diferents angles i «SÓN TOTS UN!» escrit al centre. «Haile Selassie» era el nom d'un emperador etíop i vol dir «el poder de la Trinitat». Els rastafaris creuen que va ser Jesús. Des de bandes oposades de Copson Lane, criden el seu nom els uns als altres. La mama no vol passar-los pel costat perquè pensa que si inhala passivament el seu fum de marihuana es tornarà addicta a les drogues i acabarà morint d'una sobredosi d'heroïna en una casa amb les parets plenes de ratolins morts.

Em rento amb xampú i em poso condicionador al pèl del pubis i després al cap i després surto de la banyera. Em poso una tovallola a la cintura i entaforo bé la punta perquè se m'aguanti sola. La mama és a fora, davant de la porta del lavabo amb les mans als malucs.

—Jasper —diu—. Fa més d'una hora que ets a la banyera.

—Mama —dic jo—. És il·legal interrogar gent que no va vestida.

—Què feies?

Li passo el llibre de Filosofia i Religió per la cara.

—Estudiava —li dic—. Faré de tu una mare molt orgullosa.

Ella fa un sorollet com ara hmm i després m'aparta per entrar al lavabo.

A la meva habitació descarrego i em miro una pel·lícula sèrbia sobre un home que es pensa que la seva dona és un fantasma. En una escena follen i després ell diu: «Per ser una tia fantasma, ho fas molt bé» i després ella li fot una bufetada i surt de l'habitació.

Quan tot el blau del cel l'han xuclat els núvols,

m'assec a l'escriptori i reprenc la meva novel·la. Prenc notes sobre un home que construeix una cabana al bosc i la fa servir per violar noies. Quan les ha violat fa servir un ganivet per a la mantega per tallar els seus cossos en trossets ben petits que fa servir per fer salsitxes que després fa menjar a la seva mare esquizofrènica. Trobo que és important escriure sobre coses com aquesta. És important perquè coses com aquesta passen, sobretot a Amèrica. Generalment, els que fan aquestes coses són homes amb bigoti, com per exemple el Keith.

Possibles títols de la novel·la:

– I els arbres no van dir res
– Puja al meu cotxe i seràs famosa
– Forçada en arbre
– Ella no bol
– Batuda sexual

Em miro les mans una estona. Penso en totes les coses dolentes que la gent ha fet mai. M'adono que hauré de trucar a la policia i fer una denúncia anònima i explicar-los què passa amb el Keith i el que ha fet. El cos de la Margaret Clamwell segurament estava enterrat massa endins perquè jo el pogués desenterrar amb les mans. Quan la policia sàpiga on para el cos excavaran el jardí sencer, dues vegades. Hauré de fer la denúncia anònima just abans d'anar-me'n al xalet a la festa de final dels exàmens perquè si la mama sap que ho he fet no m'hi deixarà anar.

La Carrie Waterman fa una festa a casa seva demà. La Tenaya ja m'ha dit que no hi anirà perquè ha d'estudiar. Decideixo trucar al Jonah i preguntar-li si hi anirà.

Respon a la segona trucada.

—Què passa —diu.

—Poca cosa, m'avorreixo. Aniràs allà, demà?

—Allò de la Carrie?

—Sí.

—No, la mama diu que m'he de quedar a casa.

—Què? Per què?

—No ho sé segur, el Papa surt a la tele, em sembla.

—El Papa? Per què el segueixes encara? No havia violat criatures i tal?

—No, això van ser uns capellans irlandesos.

—Catòlics?

—Sí.

—La mama diu que si et fas amb ells, ets com ells.

—Ha demanat perdó.

—Demanar perdó no li cura a ningú un forat del cul rebentat.

—Suposo que no.

—O sigui que no véns?

—No puc, tio, en sap greu.

—No passa res.

—Bona nit.

—Sí.

Penjo.

Em miro l'horari d'exàmens que tinc clavat al suro damunt l'escriptori. No m'omple d'emoció.

Miro episodis vells de *QI* al BBC iPlayer. M'agradaria que l'Stephen Fry no fos gai i que la mama es pogués casar amb ell perquè ell em podria ensenyar coses com ara que es pot fer més mal a algú quan portes guants de boxa que no pas si no en portes. L'única cosa que m'ha ensenyat el Keith és a estar sempre en guàrdia.

Per tal d'evitar posar-me a estudiar omplo un qüestionari molt llarg al Facebook. D'això se'n diu tàctica dilatòria.

*1. El teu ex és a la vora de la carretera, en flames, tu què faries?*

podem fer allò de trencar amb algú però després tornar a follar una altra vegada o potser dues sisplau

*2. La teva millor amiga et diu que està embarassada, quina és la teva reacció?*

seràs molt bona mare, jo crec en tu.

*3. Quan va ser l'última vegada que li vas voler trencar la cara a algú?*

això és una mariconada

*4. Felicitats! acabes de tenir un fill, com es diu?*

martin luther king

*5. Felicitats! acabes de tenir una filla, com es diu?*

simone olive cony-de-palangana

6. *Què desitges ara mateix amb força?*
la fi del racisme institucionalitzat
7. *Quina és la teva posició sexual preferida?*
la posició «penis a la vagina»
8. *T'agraden el cogombrets confitats?*
no
9. *De quin color tens l'entrecuix?*
marró castany
10. *Què portes a la butxaca?*
hummus
11. *Si ara mateix et fessin una prova d'embaràs, sortiria positiva o negativa?*
seria molt igualada
12. *Has bloquejat mai a algú al Facebook?*
això no ho hauries de fer
13. *Coneixes algú que estigui a la presó?*
sí. no. perdó, estic avergonyit. ha estat una cosa molt i molt infantil per part meva. ja no vull fer-ho més això

+

Com que estic estressat per les possibles repercussions d'implicar el Keith en la desaparició de la noia, pateixo insomni. Són les 3.46 am. Una de les coses que faig quan no puc dormir és fer recerca sobre l'insomni i la privació de son. Vet aquí uns quants fets sobre l'insomni:

– Hi ha molt poc o cap increment en la mortalitat associada amb l'insomni. De fet, sembla que hi ha un augment en l'esperança de vida.

– Somnofòbia és la por de dormir.

– Thai Ngoc és un insomne vietnamita que assegura no haver dormit des de fa trenta-tres anys.

– La privació del son ha demostrat tenir potencial com a tractament contra la depressió. Aquest tractament s'anomena Teràpia de Vigília.

Vaig provar la Teràpia de Vigília quan em vaig pensar que tenia meningitis però em vaig adormir.

Són les 3.51 am. Si a les cinc no he aconseguit adormir-me aniré a seure a fora amb la rosada i beuré tasses de te fort i dolç mentre contemplo el matí. M'agrada estar-me a fora els matins i els vespres perquè trobo que el cel és molt més creatiu en el seu ús del color. Per exemple, el gris es pot substituir pel fúcsia, el safrà, el salmó o altres matisos del vermell amb noms igual de romàntics.

Vaig a www.girlsoncam.com, entro com a nick «Llargabanyadeben» i clico «entrar sala».

Tu: ei nena

Candymama: ei maco, com estàs?

Tu: calent, nena. I tu?

Candymama: calenta per tu també, maco. Fem un privat?

No.

Tu: em pots ensenyar una mica el cos abans de fer un privat, nena?

S'estira al llit perquè pugui veure el seu cos mediocre de mitjana edat. La pell dels malucs és bonyeguda i cel·lulítica i la panxa li penja per damunt de la cintura de les calces com un tros ben gruixut de pit de pollastre. És un model de nivell mitjà de la categoria de mares follables.

Tu: mmmm
Candymama: ;]
Candymama: privat ara?

Decideixo que estic avorrit. Decideixo fer servir la Viquipèdia per desequilibrar-la. Injectaré confusió en la seva vida estranya i distant.

Tu: què faras en privat?
Candymama: tot el que vulguis, nen
Tu: et rentaràs les dents?

Pausa.

Candymama: i tant, maco, en privat
Tu: ho pots fer ara, sisplau? no vull acabar fixant-me només en la teva placa!

Candymama: en privat, maco

Tu: una vegada vaig pagar una noia per fer un privat i després no es va voler rentar les dents

Candymama: jo no sóc així, maco

Tu: això jo no ho sé, sisplau

Candymama: d'acord, d'acord

Candymama: val més que facis el privat

Candymama baixa de mala gana del llit. Porta calces liles i uns sostenidors gris torrat, tacats. Quan es belluga puc veure que el seu pèl púbic no ha estat domesticat, i que se li escampa per la banda de dintre de les cuixes i per la mitja lluna arrugada de la vall que hi ha entre les seves natges.

Al cap de dos minuts torna i ensenya les dents pixelades a la càmera. Candymama es pensa que és una lloba amb pell de xai. Es pensa que sóc la seva presa.

Tu: nena, se suposa que te les has de raspallar tres minuts

Candymama: què?

Tu: un minut per a la mandíbula inferior, un minut per a la superior, i l'altre minut es pot fer servir per atacar la placa al revers de les dents, per raspallar les genives, o per raspallar la llengua

Pausa.

Penso que el seu pare potser li pegarà si no guanya

diners. Penso que la veu del seu pare deu sonar com un monsó de grava i vodka. Perquè no sap què més fer. Jo no sé què més fer. Avui no estic gaire sensible.

Candymama: fes privat
Tu: no t'has rentat les dents com cal
Candymama: he fet el que m'has dit
Tu: jo només miro per tu
Tu: la mala higiene bucal pot provocar càries. Si continua l'atac bacterià, es pot infectar el teixit de la cambra pulpar, cosa que pot provocar necrosi i la necrosi, si no es combat, pot afectar l'os de la mandíbula
Tu: és veritat, ho estic llegint ara mateix
Tu: a la Viquipèdia
Tu: o sigui que és veritat veritat
Tu: i si tens una infecció a la mandíbula ningú voldrà fer un privat amb tu

Pausa.

Candymama: sisplau fem un privat

Em miro fascinat el monitor mentre una llàgrima solitària li baixa per la galta. Acota el cap. Candymama porta els cabells tenyits de ros i té les arrels de color coure. Em pregunto si sap que el so dels plors pot activar «el reflex ejector de llet» en les mares de nadons. Quan penso en això m'imagino la mama, just després de tenir-me, mirant una pel·li amb el papa. A la pel·li un bebè plora perquè els follets li han envoltat el bressol i ballen. Dels mugrons de la mama en comença a degotar llet i se li taca la samarreta. Això fa que el papa tingui ganes de sexe amb ella però llavors jo començo a plorar i no poden. Em sap greu, papa.

Tu: toc toc
Candymama: què
Tu: toc toc
Candymama: qui és
Tu: disco
Candymama: disco qui
Tu: disco-necto

Em desconnecto.

Són les 4.06 am. Cinquanta-quatre minuts fins al punt de no retorn.

Seria millor treballar en la meva novel·la al cobert. Al cobert podria sentir millor les motivacions del violador.

A poc a poc m'obro camí pel jardí, vestit només amb uns bòxers i un cobrellit. Em fa patir que el Keith es desperti i em mati amb una pala o alguna altra eina contundent de jardineria i que després m'enterri a sota de la pomera amb la Margaret Clamwell i qualsevol de les seves altres víctimes que encara no he descobert. La Margaret Clamwell deu estar en procés de putrefacció, ara. Aquesta és la segona fase de la descomposició, caracteritzada per la coloració verda de l'abdomen a causa de l'activitat bacteriana i una acumulació de gasos que forcen els líquids i la femta fora del cos. No estic preparat perquè em passi això, encara. Si veig el Keith lluitaré amb ell. Li clavaré el meu boli a l'ull i quan el tingui clavat el clicaré repetidament perquè li surti la punta. D'això se'n diu «reblar el clau». El meu email a l'Abby Hall també entra en aquesta categoria.

Assegut sota el cobrellit dins del cobert, fent servir el meu mòbil de llanterna, rosego el cap del meu boli fins que sembla un gat atropellat a la carretera. No puc escriure. Provo de recordar i de dibuixar tants Mr. Men diferents com puc. En faig quatre. M'adormo.

## CAPÍTOL 24

EN ÈPOCA D'EXÀMENS la mama em fa escriure programes d'estudi cada dia per enganxar-los a la nevera. La majoria de dies m'aixeco a l'hora de dinar, miro una estona el sostre des del llit, i després baixo a la cuina. Menjo Weetabix i fumo i escric un programa d'estudi per fer contenta a la mama. Normalment estic molt cansat i només escric

7.00 am - aixecar-me
Tot el dia - estudiar
11.00 pm - dormir

Després canvio de lloc les paraules magnètiques enganxades a la nevera per formar frases positives que facin sentir optimista la mama pel que fa al futur del seu únic fill.

jo sóc un home amor feliç arbre i vermell
home amor
feliç home arbre i jo
un home sóc ?

Tots els exàmens són a primera hora del matí o a mitja tarda. Per als exàmens de la tarda m'aixeco a l'hora de dinar i menjo i després vaig a peu a l'institut. Per als exàmens del matí m'aixeco a les set i me'n vaig a peu a l'institut i després vaig a casa de la Tenaya a fer un te. A vegades quan sóc a casa seva em prova de fer estudiar davant seu. Arruga la cara d'una manera estranya i em diu que vol que tregui bones notes. Algun dia la Tenaya serà molt bona mare.

A l'institut la meva taula és la número 86. Això em situa a prop del davant. L'Oscar Chao seu al meu costat. Durant els dos mesos del període d'exàmens, cada vegada que el veig examinar-se porta els mateixos mitjons. Són liles amb uns llampecs grocs. Em sembla que són els seus mitjons de la sort. No sé per què. Potser portava aquests mitjons posats quan va perdre la virginitat amb una noia que havia fet de model de catàleg.

Jo no tinc mitjons de la sort. Tinc una sensació aclaparadora de fracàs imminent.

+

La meva rutina d'exàmens, relaxada i lliure d'estrès, només és interrompuda una vegada, per una trucada que es desenvolupa de la següent manera:

—Jasper?

—Qui és?

—L'Abby.

—Uh. Hola, Abby.

—La regla se m'ha endarrerit dues setmanes.

Pausa.

—La regla se m'ha endarrerit dues setmanes, Jasper.

—DONCS AFANYA'T A TENIR-LA COLLONS.

Llàgrimes (meves no).

—Em sembla que estic embarassada, Jasper.

Em sap greu, em sembla que t'has equivocat de número.

—Jasper, sisplau.

—QUÈ?

—Em sembla que estic embarassada, Jasper.

—DONCS AVORTA D'UNA PUTA VEGADA.

Penjo.

Sóc insensible i cruel.

Tinc por.

No permetré de cap de les putes maneres que l'Abby Hall em faci malbé el Pla Georgia amb el seu bebè estrany i deforme.

Merda. Merda. Merda.

## CAPÍTOL 25

3.29 PM. SÓC AL DESPATX DE LA JULIA, i penso en la primera vegada que vaig venir a veure la Julia. Provo de no pensar en bebès ni a ser pare. Dins del meu cap és l'estiu del 2009. Els records són la fugida. La Tenaya i jo estem asseguts en una paret baixa al capdavall del meu carrer. Ens fem uns cigarrets. Se suposa que hem d'estar estudiant per a una simulació de les proves d'accés universitari.

A una banda de la paret hi ha el jardí davanter del número 46 de Chestnut Crescent. A l'altra banda hi ha un riu d'asfalt que s'ajunta amb Ivythorne Road.

Ens mirem el sol.

—Jasper? —diu la Tenaya.

—Sí.

—Un dia serem vells.

Ens mirem el sol una estona més. Es fon i forma llacs al damunt del formigó, el vidre i els maons.

—Sí, suposo que sí. Si no ens assassinen o si no agafem la SIDA o si no ens atropella un autobús o si no decidim posar fi a les nostres vides a causa d'una desfeta emocional insuportable.

—Però, estadísticament, el més probable és que ens fem vells.

—Sí —dic jo—. Vells.

—Això vol dir casar-se i tenir fills.

—Estadísticament.

—Sí, però jo no vull tenir fills.

—I?

—Doncs que segurament voldré tenir fills quan sigui vella, no?

—Suposo.

Llença el cigarret al jardí i entrelliga els dits i després hi reposa la barbeta.

—Això vol dir que seré una persona diferent?

—No.

—Sí que ho vol dir.

—No ho vol dir.

—Però pensaré diferent.

—La gent és inconstant.

—Jo no vull ser una persona diferent.

—Per què no?

—No ho sé.

La pessigo.

—Ja està —li dic—. Ara ets una...

La mama tomba per la cantonada, parlant enrabiada amb algú a través d'aquella seva cosa blava de plàstic de mans lliures. No ens veu directament perquè té la vista fixada en el caminet d'entrada del garatge del número 32, acabat de reformar. La Tenaya m'agafa pel coll de la samarreta, estira cap enrere i ens fa caure a la banda de dins del jardí davanter del número 46.

És per això que caic al damunt del gat.

Tardem una quantitat notable de temps a adonarnos cap dels dos del que ha passat. El gat està com cridant sense aire. Està ben aplanat sota meu, com si allò fos una escena de *Tom i Jerry*.

M'he de quedar ajagut al damunt del gat fins que la mama desapareix per la cantonada. Durant aquest temps, li queden ben pocs músculs amb els quals poder oposar alguna resistència. Llavors la Tenaya i jo ens aixequem i envoltem el gat i ens el mirem, un parell de déus joves sense experiència i una mica fastiguejats.

—Mata'l cony —diu la Tenaya.

Ella sempre espera que jo sigui el més proactiu dels dos perquè sóc un noi.

—Jo no el vull matar, mata'l tu.

—Tu l'has esclafat.

—És a tu, que t'agraden els gats —dic jo, sense estar convençut del tot de la meva defensa.

—Què?!

Em miro el gat. Els ulls li sobresurten molt del crani diminut. Té convulsions com si fos epilèptic. M'agradaria saber si és gaire conscient del que li passa.

—Mata'l cony! —crida la Tenaya.

Pel pànic i per una sensació agressiva de consciència, opto per una forma lamentablement primària d'eutanàsia. Clavo un cop de peu al cap del gat contra la paret. Això té com a resultat l'esclat d'uns focs artificials amb textura de pana i composició de cervell i sang. La meva sabata dreta en queda particularment redecorada.

Com que el Temps fa molt i molt que existeix, a vegades s'avorreix. Per tal d'alleujar breument el seu avorriment, al Temps li agrada molt organitzar sèries d'esdeveniments massivament improbables. Si aquests esdeveniments són de mena romàntica, se'n diu Destí, i si són de mena negativa en diem Coincidència Desafortunada.

Llavors té lloc una Coincidència Desafortunada, perquè l'home calb i amb taques de vell que viu al número 46 surt de casa seva immediatament després que jo hagi assestat la puntada de peu de la mort al seu gat. Encara tinc cervell a la sabata.

Ens deixem endur pel pànic.

Correm, tot i que no serveix de res perquè l'home coneix la mama. Em sembla que volíem evitar la confrontació. Hi va haver una confrontació amb la mama, de totes maneres, però amb el Keith no. El Keith té tendència a evitar les confrontacions. Si mai creix el potencial de debat ell sempre diu: «Hem d'estar d'acord a no estar d'acord». M'agradaria saber com defensarà el seu cas davant del tribunal. Probablement amb una escopeta que dispara llàgrimes de cocodril i una corbata que digui a crits: «Sóc un bon cristià».

Al final la mama va dir: «Ets un psicòpata sense cor» i jo vaig dir: «Ha estat un accident» i el Keith va dir: «Hem d'estar d'acord a no estar d'acord» i després em van portar amb la Julia. Que és on sóc ara.

La Julia té la cara més alegre avui. Potser algú ha decidit que l'estima. Potser té un nòvio que corre maratons i que li diu: «Ets la meva gominola». Potser passen les nits asseguts tots dos al sofà bevent vi barat i veient pel·lícules de Hugh Grant.

Penso en la possibilitat de demanar consell a la Julia sobre el bebè de l'Abby Hall. La Julia segurament em provarà de convèncer que faci de pare. Em veuré cada cap de setmana amb el fill lleig de l'Abby Hall en un McDonald's de carretera perquè tindré massa vergonya per veure-m'hi en un McDonald's del centre. El nen intentarà que li doni diners. Jo li diré que sisplau em deixi en pau.

La llum al despatx de la Julia avui és com el mar de bon matí vist per mariners tristos. Això és una mala metàfora que vol dir que hi ha llum però que no és càlida. És una llum grisablanca que cau al damunt de la catifa fent formes allargades. La Julia fa clic amb el seu boli i em mira amb expectació. M'acaba de preguntar per la Tabitha Mowai.

—Em va fer sentir trist —dic.

Recordo que la Julia es pensa que sóc racista. A vegades, si expliques prou mentides, s'ajunten totes per fer-te la punyeta i una s'ajup darrere teu mentre l'altra et clava una empenta i et fa caure enmig de totes les altres. Això és el que estan fent les meves mentides ara mateix.

—De debò? —pregunta la Julia.

—Sí —dic jo—. No sóc racista de veritat, em sap greu.

La Julia somriu.

—Ja ho sé.

—Què?

—Sé que no ets racista, Jasper. Ets un bon nano, només et deixes portar per la imaginació de tant en tant. —D'això se'n diu un clixé.

Em miro la Julia amb la boca oberta una estona. M'estic preguntant si m'ha fet alguna mena de jugada psicològica brillant fent veure que era imbècil durant les nostres sessions. Potser és una dona extremament intel·ligent que em podria proporcionar un arsenal de tècniques de seducció a prova de bomba.

—Uh —dic jo.

—El que compta —explica la Julia—, és que estàs madurant i ho estàs superant. Semblava el més probable, i és el que està passant. La teva mare només volia que vinguessis aquí perquè en poguéssim estar segurs.

—Però que sóc gai és claríssim —dic jo—. I que el Sebastian existeix de debò.

La Julia torna a somriure.

S'aixeca i dóna la volta a l'escriptori i s'ajup per fer-me una abraçada. Els seus cabells em freguen la cara. Fan olor de mango.

—Em sembla que aquesta serà l'última vegada que farà falta que ens veiem —diu la Julia.

I ho és.

TERCERA PART

# PLUGES I BESTIAR

# CAPÍTOL 26

00.52 AM. SÓC AL LLIT. Tinc posada Radio 4. Estic escoltant la previsió marítima. La previsió marítima és un cobrellit molt i molt confortable. Si haguessin emès la previsió marítima durant la batalla del Somme tothom hauria llençat les escopetes i s'hauria ficat al sac de dormir i hauria estat parlant de la composició de les estrelles fins l'endemà al matí.

Viking Utshire Nord Utshire Islàndia Sud-est

Abans de la previsió marítima posen «Sailing By» i després posen l'himne nacional. A vegades, quan estic borratxo, m'agrada seure al llit i cantar l'himne nacional i provar d'imaginar-me com deu ser això de creure's que néixer en un lloc determinat en un moment determinat és motiu d'orgull. Follar amb una noia més de set minuts sí que és motiu d'orgull. Ser britànic no.

4 o 5, incrementant-se a 6 o 7, virant a Sud 4 o 5 més endavant

Els britànics es miren per la tele crides a la solidaritat amb els orfes etíops malalts de la SIDA i es diuen els uns als altres que allò els fa sentir molt tristos. Diuen que és una vergonya que hi hagi gent que es mori de gana. A vegades agafen el telèfon i deixen que tres lliures abandonin els seus comptes corrents cada mes.

Pluja ocasional, bona

Ningú no demana que a tots els orfes etíops amb la SIDA se'ls deixi venir a viure a la Gran Bretanya, però. El país és nostre. I les teles. I les sabates. I el rostit per sopar. No crec que actuéssim d'aquesta manera si fóssim etíops. No crec que diguéssim: «Ningú no pot venir a aquest país. És nostre. I l'aigua bruta també. I les panxes inflades. I la SIDA».

Amb bancs de boira moderats o lleugers

Em miro el sostre. Tinc el cap ple de mariners en un petrolier enorme, arraulits al voltant de la seva ràdio, bevent Captain Morgan's. Estan tot sols enmig d'un mar negre. Núvols de boira passen per davant del reflex d'una lluna com un pixallits. Després, a les seves hamaques, parlen i diuen que troben a faltar les dones i els fills. S'adormiran gronxats pel vent de força sis o set.

Tinc son. Estic provant de pensar només en mariners i no en el fetus de l'Abby Hall. He decidit no dir res a ningú del bebè. He decidit no pensar en el bebè. He decidit que, si és necessari, faré servir el xantatge per fer-la avortar.

Avorta, Abby, o enverinaré el teu gos.

Dorm. No pensis en el bebè de l'Abby Hall. Si no hi penses desapareixerà. L'Abby Hall és una porca. El bebè no és teu. Quin bebè? Exactament.

El mòbil vibra. La Tenaya. «Jasper, estic borratxa i sola i vull parlar amb tu». Penso en la Tenaya a la cuina de casa seva amb vapor de te fumejant entre les mans i una pila de paracetamol al damunt de la taula. Li envio «pont, 15 min». Sacrificaré el dormir pel bé dels seus braços.

La mama i el Keith se n'han anat a dormir a les deu. Ara ja deuen estar perduts pels avorrits boscos suburbans dels seus somnis. Em poso texans i una dessuadora grisa amb caputxa. Agafo diners de la meva guardiola del Doctor Who que tinc al costat del llit, me'ls fico a la butxaca i baixo les escales de puntetes com un ninja. La porta està de la meva banda. Es tanca molt silenciosament darrere meu.

A fora, la nit és freda i distant. És una manta enorme. Em cobreix a mi, i la Tenaya, i l'Abby Hall, el seu fetus, els mariners a les seves hamaques, les seves esposes absents, i l'oceà que han començat a odiar. Camino de pressa pel nostre carrer, passo pel costat dels sicòmors plantats en forats a la vorera i ocults per la nit. Les finestres emmarquen la silueta del sexe.

A The Happy Shopper m'esclafo els cabells, respiro fondo i entro a dintre. Una dona amb els ulls tristos llegeix un llibre de butxaca de color rosa. M'acosto al taulell. La confiança és la clau de l'èxit.

—Dues ampolles del vi blanc més barat que tingui —dic.

Ella em mira de cap a peus. Agafa dues ampolles de la lleixa que té al darrere i les deixa al damunt del taulell.

—Tens carnet? —diu.

—Carnet? —crido jo—. Carnet? —Encara més fort.— Tinc vint-i-cinc anys, collons. Tinc un fill de cinc anys i tot, collons. —Sento nàusees, d'aquí a cinc anys és possible que això sigui veritat. També em sento culpable, però he de salvar la Tenaya.

La dona sospira.

—D'acord —diu, i m'agafa els diners—. No tens res a veure amb la poli?

—De cap de les maneres —dic, i agafo una ampolla de vi amb cada mà—. Però em sap molt de greu haver cridat.

Corro amb les dues ampolles cap al pont de l'autovia. La Tenaya ja està asseguda al punt més alt, amb les cames encreuades, d'esquena a la ciutat. M'assec al seu costat i li passo una ampolla. Ella exhala un braç de fum cap a la nit.

—Gràcies, Jasper —diu.

Encenc un cigarret.

—No passa res. Estàs bé?

—No ho sé.

—No pot durar sempre.

—Ja ho sé.

Miro cap avall, cap a les cintes de fars i llums de posició; rius vermell i blanc. El fanal que tenim al damunt ens cobreix les cames amb una resplendor taronja. Estem fora dels corrents. Em sento com si estigués espatlla contra espatlla amb la Tenaya a la vora del món, mirant-ho tot.

—A veure —dic jo—. De què volies parlar?

—No volia parlar de res en concret.

—Has dit que volies parlar amb mi.

La Tenaya em posa el cap a l'espatlla. Faig un glop de vi. No l'entenc. Entenc que està afectada i que jo la vull ajudar. No estic equipat amb les eines necessàries per arreglar el desequilibri emocional.

—No cal que diguis res —diu ella—. Podem seure i prou.

No diré a la Tenaya què hi ha a l'úter de l'Abby Hall. No li vull fer carregar el pes del meu bebè. El meu bebè. Bebè. No penso fer de pare de cap manera.

Avorta, Abby, o diré a la revista *Hello!* que ets la filla secreta de Michael Jackson.

Un home para al marge de la carretera. Baixa del cotxe. Té un mòbil a l'orella. L'aguanta allà entre l'espatlla i la galta, es posa un cigarret a la boca i l'encén. La Tenaya fa un rot callat. L'home camina amunt i avall i fa gestos frenètics amb les mans mentre parla per telèfon. És Tony Blair. Les seves mans són armes.

—Parla amb la seva dona —diu la Tenaya—. Li diu que ja en té prou i que no pensa tornar.

—Parla amb el seu cap —dic jo—. Li diu que és un malparit i que se'n vagi a prendre pel cul.

—Contesta un anunci al diari que ofereix sexe homosexual ocasional.

—Diu a la seva filla que se la vol follar.

—Molt maco, Jasper.

—Perdona.

Ens aixequem tots dos i ens aboquem a la barana. L'home té el telèfon en una mà. Se l'està mirant com si fos un anus extirpat.

—Sembla com si li haguessin dit que se li ha mort algú —diu la Tenaya.

—Sí.

—Sembla trist.

—Si tu et morissis jo calaria foc a alguna cosa grossa. L'institut, o la catedral.

—Gràcies, Jasper.

Em torno a asseure. La Tenaya també. Encenem dos cigarrets més.

—Penso seduir la Georgia Treely a Devon —li dic.

—Amb què?

—Amb Rohypnol, no.

—Que maco.

—Amb el meu atractiu rebel i el meu enginy.

La Tenaya riu.

—Què? —dic jo.

—Res.

Als braços de la Tenaya s'hi fan turonets petits i blancs. Té fred. El vent s'està despertant. És un esprintador nocturn.

—Estàs bé?

—Millor, gràcies.

Ens acabem les ampolles de vi, les trenquem, i tornem a peu cap al suburbi.

# CAPÍTOL 27

EL MEU ÚLTIM EXAMEN és Psicologia 2, que ha començat a les 9.15 am. Ara són les 10.30 am. Ja he acabat i m'estic mirant la resta de la classe. La Georgia Treely ha acabat fa deu minuts però s'està repassant l'examen una vegada i una altra. Espero que tregui bona nota. Segur que traurà bona nota. Acabarà sent propietària d'un graner reconvertit en alguna àrea de les Midlands on noies adolescents penjaran a les parets pòsters de David Cameron. El Jonah ha deixat d'escriure fa mitja hora i ara dibuixa penis amb cara al revers de l'examen.

A la fi ens diuen que deixem estar els bolígrafs i que fotem el camp. Tothom crida visca menys l'Oscar Chao, que encara ha de fer un examen de xinès a la tarda. El vigilant d'aula es posa morat i crida que encara estem sota condicions d'examen i que no fem gens ni mica de soroll fins que haguem abandonat l'aula d'examen. Tothom torna a cridar visca i surt corrent.

La Tenaya m'espera fora, davant de les portes de l'institut. Té dos cigarrets a la mà. Un per a mi, un per a ella. El seu últim examen va ser Història, fa dos dies.

—Com t'ha anat? —pregunta. Comencem a caminar cap a El Poni Groc. És un pub freqüentat sobretot per vells, però hi anem perquè no et demanen cap carnet.

—M'ha anat bé —li dic—. M'ha semblat que sí.

—Val més que aprovis, Jasper.

—Ja ho sé.

—Perquè si no aproves t'arrencaré la polla.

Somric.

—Val.

Em fot un cop de puny al braç.

M'agradaria saber com em castigaria per haver deixat prenyada l'Abby Hall.

No està prenyada.

Definitivament no està prenyada.

El Jonah ja està assegut a El Poni Groc, al darrere d'una cervesa i una novel·la de Murakami. No entenc gran cosa del Jonah però entenc per què llegeix Murakami. Murakami em fa sentir segur i positiu. M'agradaria que Murakami fos el meu padrastre. Murakami no assassinaria mai la mama.

—Bon dia —diu el Jonah. La Tenaya se'n va cap a la barra a buscar el beure.— Bé, l'examen?

—Genial —dic jo—. A quina hora se surt demà?

M'estic imaginant que em desperto demà al matí i

que baixo i que em trobo Haruki Murakami bevent cafè i llegint *The Guardian* a la taula de la nostra cuina.

—No ho sé segur. Vine cap a les quatre.

Què papa, què estàs escrivint?

—Qui més portaràs? La Tenaya va amb el Ping i l'Ana perquè s'ha de quedar a casa fins més tard per no sé quina cosa de família.

Murakami no es dirigiria a mi amb motius i sobrenoms paternalistes.

—Ah sí, merda. M'havia descuidat de dir-t'ho. Tinc un parell de noies. Les portarem a elles.

—Què? Qui són?

—La Susan Pilkington i la Jenna Slater —diu ell.

Reconec els noms. Són noies d'un curs menys. M'imagino les seves cares. Força bé.

—Estan força bones —dic.

—Sí —diu ell—. Ho estan.

La Tenaya torna i deixa a la taula una Newcastle per a mi i una Carling per a ella. Fa un moviment amb el cap per assenyalar el llibre.

—Aquest és aquell que es folla la seva germana i després la seva mare? —pregunta ella.

—Però només es folla la seva germana en somnis —dic jo.

—Au va —diu el Jonah—. No m'espatlleu el final.

Murakami seria un magnífic substitut com a padrastre.

## CAPÍTOL 28

M'AIXECO A LES DOTZE i baixo a la cuina. La mama i el Keith són tots dos a treballar. Arrenco tots els programes de treball de la nevera i els llenço a la brossa. Al mig de la cuina en bòxers amb el sol rebotant a les galtes em sento positiu i bé. Aquesta nit la festa serà una passada. Hi haurà la Georgia Treely. Prepara't per ser seduïda, Georgia Treely.

Primer, però, he de fer una cosa.

Assegut al sofà de cuiro blanc de la nostra sala d'estar, trec el meu mòbil. Marco un, quatre, un per ocultar el meu número, i després marco el número de la comissaria. Respon una dona.

—Digui? —diu.

—Hola —dic jo—. Voldria fer una denúncia anònima, sisplau.

—D'acord, de què? —La dona diu d'acord d'una manera que allarga la *a* fins que té forma de salsitxa.

—D'un assassinat.

—Un assassinat?

—Sí —dic jo—. Sé qui va assassinar la noia que va morir la setmana passada i el mateix home també va assassinar una dona que es deia Margaret Clamwell i té planejat tornar a assassinar.

—D'acord —diu la dona. Torna a allargar la *a*—. I quines proves en té?

—Moltes proves —li asseguro. Llavors li dic ràpidament la meva adreça i penjo.

Pujo a dalt.

Em poso al davant del mirall del lavabo i em preparo per preparar-me per a la seducció de la Georgia Treely. El Pla Georgia. Em poso gel als cabells? El gel és massa gai?

Gent que porta gel als cabells:

– Robert Pattinson a *Crepuscle*
– Hugh Grant a *El diari de Bridget Jones*
– Neo a *Matrix*

Sí, és molt clar que m'haig de posar gel.

M'esculpeixo els cabells en ones ben endreçades i després m'acosto més al mirall.

—Quina gran cara —dic.

M'acosto més al mirall.

—Quina gran cara —torno a dir, aquest cop més fort.

No quedo convençut.

Em passo les mans per les barres. Punxen una mica. Rutina d'afaitat: un cop cada dues setmanes. Hauria d'avançar l'operació? Decideixo deixar-me els pèls. Em faran semblar madur. La Georgia Treely es pensarà que sóc un home humà de debò. És ben veritat que sóc l'astúcia personificada.

Tinc un gra a la cella esquerra. És perfectament circular i groc. S'arrauleix entre els pèls com un nen petit amagat al bosc. L'esclafo per treure'n el pus i m'emporto el trofeu cap a la meva habitació a la punta del dit índex. El diposito al mirall petit en forma d'estrella del meu dormitori. Sempre que és possible, deixo aquests trofeus exposats en aquest mirall des que vaig fer quinze anys. Són taques llargues que es desdibuixen en angles estranys com focs d'artifici reflectits en un llac de metall. És una peça d'art contemporani. Aviat, Charles Saatchi voldrà comprar-me aquest mirall. Em farà una oferta que no podré refusar.

+

Quan vaig a casa del Jonah cap a les quatre, ell encara dorm. La porta és oberta i entro. A dalt, li arrenco el cobrellit i li pico el cul i crido: «Aixeca't, capullo» i ell em respon: «Vés a la puta merda, Jasper», però s'acaba aixecant. Estem tots dos asseguts a la vora del llit i ell es treu la pols de lluna dels ulls i es queixa.

Amb els ulls nets el Jonah engega el seu portàtil i posa Leftover Crack. Es vesteix ràpidament i fa un porro. Ens el fumem a la galeria amb uns tes. Li costa molta estona despertar-se com cal. A la galeria hi ha molta llum i fa calor. El sol és groc i comença a caure.

—On les recollim? —li pregunto.

—Al davant de l'Argos, al centre, a dos quarts.

—Hauríem d'anar tirant.

—Sí —diu el Jonah. Aixafa el porro en un cendrer.

—Jonah?

—Sí.

—Què passa?

—Què vols dir?

Remena el seu mòbil. M'imagino que només deu estar repassant l'agenda per no haver-me de mirar.

—És que sembles —dic jo. Faig una pausa—. No ho sé, estrany. Encara no has dit res desagradable.

—No és res —diu ell—. Ja en parlarem després. Anem a buscar els conyets.

Jo ric.

—Val.

La Susan Pilkington i la Jenna Slater ens estan esperant al davant de l'Argos. La Susan és rossa i té els pits grossos i rodons. Porta una faldilla de flors i *leggings* blancs. La Jenna té els cabells molt curts i foscos i uns pits més petits i d'aspecte més amistós. Porta texans ajustats i una parca verd oliva. Totes dues somriuen i es belluguen nervioses i actuen en general com unes femelles humanes agradables i ben integrades.

El Jonah somriu i allarga el braç per obrir la porta de l'acompanyant. La Susan Pilkington puja al seu costat. Això vol dir que m'ha assignat la Jenna Slater a mi. Això està bé perquè els pits grossos m'espanten.

La Jenna Slater s'asseu al meu costat.

—Hola —diu, amb un somriure resplendent. No sap que estic a punt de ser pare.

—Hola —dic jo.

M'esforço per somriure. Segurament semblo retardat. Em pregunto si aquesta serà l'última vegada que surto a lligar amb el Jonah. No. Això no pot ser. Aquestes noies són joves i sexualment atractives i agradables.

—Com estàs? —em pregunta.

Puc sentir que el Jonah conversa amb fluïdesa amb la Susan al davant del cotxe. Ell sap entendre què volen sentir les noies. Jo també en sabia però em sembla que me n'he oblidat.

És hora de fer tot el que pugui. La mama diu que mentre faci tot el que pugui ningú no em pot exigir més.

—Uh —dic jo—. Estic bé. Estic molt i molt bé. —Miro al voltant del cotxe. Per la finestra puc veure una criatura que està rosegant la vora de la faldilla de la seva mare.— I tu com estàs?

Ella torna a somriure d'orella a orella. Més encara.

—Estic genial —diu—. La festa serà una passada.

—La festa serà una passada —repeteixo jo com un imbècil. Sóc idiota. Segurament hauria de fer veure que dormo durant tot el trajecte.

El viatge fins a Devon dura una hora i mitja. El Jonah fa que la Susan es miri el mapa que ell ha imprès del Google Maps i que li indiqui cap on ha de tirar. Quan diu alguna cosa, la Susan no sembla pas que n'estigui gaire segura. El Jonah havia dit que no pensava beure mentre conduïa, però aviat es comença a sentir frustrat i insisteix que li passi una cervesa, cosa que faig perquè sóc un bon amic.

Parlar amb la Jenna es fa cada cop més fàcil després d'unes cerveses i uns quants porros. A la Jenna li agrada parlar i per tant jo no he de fer gran cosa. El Jonah cada cop condueix pitjor i quan està a punt de topar amb una rulot que porta un adhesiu on posa «ESTIMA LA VIDA», la Susan el fa aturar en una àrea de servei per prendre un cafè. La Jenna no para de parlar en tota l'estona. No em molesta, la veritat. En general, no arribo a distingir les paraules i trobo molt relaxant escoltar-la. És com escoltar Radio 4.

Algunes de les coses de què parla la Jenna:

- Que Jesús és de fet un tio collonut i que encara que tothom la cagui contínuament ell encara se'ls estima perquè és com és.
- Que tocar a l'Orquestra Jove Nacional de Jazz és molt divertit perquè coneixes una pila de gent in-

teressant que t'explica històries interessants que després tu pots explicar al Jasper Wolf perquè està atrapat dins d'un cotxe amb tu i no pot fugir.

- Que seria una meravella anar-se'n a viure a París en el futur perquè París és romàntic.
- Que tots els països del món haurien de deixar de comprar armes i començar a comprar boles de discoteca.
- Que Ludovico Einaudi és com una mena de geni.
- Que *Amélie* és la millor pel·lícula de tots els temps.
- Que potser els cabells rossos li quedarien millor però que potser també quedaria menys sofisticada però que potser ho podria provar amb un d'aquells kits de tint per fer a casa que venen a les farmàcies o alguna cosa per l'estil. No ho sé. Tu què en penses, Jasper?

Jo me la quedo mirant una estona.

—Ah —dic—. Sí. Sí, et queda molt bé.

Un altre cop a dins del cotxe em bec una llauna de cervesa i fumo un cigarret, el cap mig fora la finestra. Miro l'autopista i els carrils plens de cotxes impacients i el cel com una foguera mentre el sol s'esquitlla lentament darrere els turons. La Jenna se m'adorm a l'espatlla. Jo m'adormo amb la galta enganxada al vidre.

## CAPÍTOL 29

COM QUE ESTEM ADORMITS, la Jenna i jo ens perdem les discussions frenètiques entre el Jonah i la Susan sobre «Es pot saber on cony som? Això no sembla Devon ni de lluny» i quan ens despertem el cotxe ja està aparcat en una petita clariana enfangada a la vora d'un camp molt ample ple de roselles. El Jonah està fumant mentre el sol s'acaba d'amagar i la Susan és al seu costat. S'han reconciliat. Han deixat enrere el passat.

Hem hagut d'aparcar lluny de la casa perquè l'Amanda pensa que si la gent aparca a prop de la casa faran malbé l'herba i els pares de l'Amanda s'emprenyaran. La gent segurament aparcarà a prop de la casa de totes maneres.

Burxo la Jenna per despertar-la i ella mig obre els ulls i somriu. S'incorpora i em fa un petó a la galta. Jo provo de somriure-li una altra vegada. Estic content que no hagi començat a parlar. Quan ens comencem a morrejar no hi haurà cap problema perquè podré fer servir la meva boca com a arma per silenciar-la.

El Jonah diu que hem de travessar el camp fins al bosc i que al bosc hi trobarem una cascada amb un estany petit a sota i que allà ens trobarem amb el Polly. El Polly ens portarà a la caseta. Li pregunto per què és el Polly, el que ens hi ha de portar, però el Jonah arronsa les espatlles.

El Polly és un noi polonès amb cara efeminada. De fet es diu Krasiski o alguna cosa per l'estil. Segurament és una mica racista dir-li Polly, però es veu que a ell no li fa res.

Agafem les motxilles de la maleta del cotxe i comencem a travessar el camp a la llum baixa del crepuscle. La Susan es treu la camisa i el Jonah i jo també, i deixem que el sol ens vessi per les espatlles, segueixi la línia de la nostra espinada i formi petits bassals de llum entre les tiges de les roselles. El Jonah porta la motxilla més pesant amb el fogó i les llaunes de cervesa, jo porto la motxilla on hi ha les drogues i l'hummus.

La Jenna i jo quedem ben aviat enrere perquè ella s'atura contínuament per girar el coll i mirar-se amb la boca oberta el paisatge que ens envolta.

—És tan preciós tot això —diu ella.

—Sí —dic jo—. Tot verd i bonic i tal.

Molt convincent.

—Però ara sembla que a la gent tant li és, tot això. Estan deixant que es destrueixi la natura.

—Sí —confirmo. Encenc un cigarret—. Tota aquesta herba tan maca i tal, substituïda per cases amb gent a dintre. És horrorós.

—La gent ni tan sols dóna diners per a la caritat, ara.

—Tothom hauria de donar diners per a la caritat —dic jo.

Jo penso que la caritat és com posar una tirita a un home sense pell.

—Vull dir que la gent només hauria de venir aquí i fer un bon cop d'ull a la bellesa de la naturalesa i després ho entendrien.

Inhalo sorollosament pel nas i tanco els ulls.

—És tan bonic —dic.

Déu meu, què faig? Necessitaré drogues.

El Jonah s'atura i es gira cap a nosaltres.

—Fem una parada —diu—. Estic cansat i vull un porro.

La Susan i ell s'asseuen allà mateix. La Jenna i jo ens hi acostem i també ens hi deixem caure, esclafant roselles amb el cul.

Ens asseiem formant un quadrat. El Jonah es baralla amb el paper de fumar al damunt de la seva motxilla. La llum s'evapora. El cel és de mel i l'aire és espès i farcit de pol·len.

—És tan preciós, tot això —diu la Susan a la Jenna.

—És al·lucinant —diu la Jenna.

El Jonah em dedica una mirada de desesperació i jo provo de no riure. Ja hi haurà temps per riure després que hagi ficat el meu penis a la vagina de la Jenna. M'imagino que el seu pèl púbic és feréstec, igual que el camp de puputs on estem asseguts. Potser també la deixaré embarassada, a ella. Para de deixar embarassada la gent, Jasper. No estàs fet per ser pare.

Avorta, Abby, o si no em posaré un cap de cavall al cap i entraré a la teva habitació a altes hores de la nit.

Li esperonaré la vida i li ensenyaré que no és bo ensellar la gent fent-los carregar amb bebès tan lletjos com ella.

Sóc tan enginyós que faig por i tot.

Però no tinc la Georgia Treely.

M'agradaria saber si la policia ja ha detingut el Keith. M'agradaria saber si li han aplicat corrent elèctric als genitals per tal d'obtenir una confessió. M'agradaria saber si la mama se sent alleujada perquè s'ha adonat que se n'ha escapat pels pèls. Sóc molt bon fill per haver evitat el seu assassinat. Segurament em comprarà un Mini Cooper.

Tots ens endormisquem una mica mentre ens passem el porro. El Jonah s'ajau d'esquena amb el cap reposant a la motxilla. La Susan reposa el cap a la falda del Jonah i es fa nusos als cabells grocs. La Jenna em somriu i jo provo de tornar-li el somriure però no se m'acut res per dir. Ella posa cara d'expectació.

Arrenco un puput i li ensenyo.

—L'heroïna es fa amb roselles —dic—. Sherlock Holmes fumava opi.

—Oh —diu la Jenna.

Penso en el fet que és il·legal vendre drogues fetes amb plantes que creixen a tot arreu però que no és il·legal manufacturar una droga en un laboratori i vendre-la per internet. Si més no la gent sap quins són els efectes a llarg termini de l'heroïna, i com enfrontar-s'hi. Saps que si comences a prendre heroïna els cabells se t'aniran convertint en rastes i acabaràs mort. La gent amb prou feines sap què són les drogues de disseny. Quan la nostra generació es faci gran potser tots tindrem Parkinson o alguna cosa per l'estil.

El Jonah s'incorpora i remena a dins de la motxilla. Treu un pack de quatre cerveses poloneses barates i les llança al centre del quadrat.

—Tots a beure —diu—. Estic cansat d'haver de carregar tanta cosa.

Obrim les cerveses i bevem. Puc distingir amb prou feines el llavi del sol a la vora de l'horitzó, lluny. Una lluna de vitel·la mig transparent ja penja al cel, entre els suggeriments d'unes quantes estrelles petites.

—La lluna —diu la Jenna, contenta.

—Carai —dic jo—. La lluna.

El Jonah riu i un glop de cervesa li surt de la boca en forma de surtidor. Esquitxa la pell de la Susan però ella no diu res.

La Jenna s'ajau i una franja ampla de pell li queda exposada a la panxa perquè la samarreta se li apuja. Jo encenc un Richmond i del deixo cremar a la comissura dels llavis mentre arrenco els pètals d'una rosella i els disposo al damunt del melic de la Jenna. D'això se'n diu flirtejar. Flirtejar és una porta amb sexe al darrere. El sexe és una porta amb bebès al darrere. Putes portes. La gent les hauria de tenir ben tancades.

—Hauríem de començar a tirar. El Polly ens deu estar esperant —diu el Jonah.

La Jenna s'aixeca i els pètals li cauen de la panxa i tots ens aixequem i ens pengem les motxilles.

Només falten uns quants metres per arribar al lloc on el camp es troba amb el bosc. Quan passem els primers arbres la llum es redueix a colors pàl·lids que s'han escolat per entre les branques altes. El Jonah diu que hem de continuar pel camí fins que arribem a l'estany.

Hi estem mitja hora per trobar la cascada i el seu estany enmig de la foscor enganxosa del bosc. El Polly està assegut dalt d'una roca, amb un cigarret als llavis, esperant. Jo deixo la motxilla a terra. El Jonah se'n va cap on hi ha el Polly, hi parla un moment. El Polly poques vegades somriu. Torna cap on som nosaltres.

—Nedem —diu, amb un gran somriure a la cara.

Tots ens aixequem i ens mirem la cascada. És alta i estreta, té l'amplada d'un labrador ajagut de costat, cau i convergeix en un estany llarg cenyit a intervals aleatoris per pedres cobertes de verdet. Allà on cau l'aigua és d'un color blanc barrejat i desenfocat, però quan s'encalma pren un to de verd molt trist.

—De debò? —diu la Susan.

—I tant, per què no?

—No sembla una mica verda? —diu la Jenna.

—No —explica el Jonah—. T'ho has d'agafar més aviat com si fos de color maragda.

Per tal de convertir el color verd trist en color maragda ens fem unes ratlles de mefedrona tots plegats al mirallet de la Susan. La Jenna dubta però li explico que és una droga legal i que es pot comprar per internet. Això la convenç. De seguida.

L'aigua no tarda gaire a començar a semblar més atractiva. El verd malaltís es transforma en verd del color de la gespa d'estiu acabada de tallar. Em miro la Jenna. Ha passat de ser un objectiu passable a ser un bronze grec. Em sento captivat per la manera que té el seu cos esvelt d'enfonsar-se sense esforç en uns malucs suaus i arquejats, en unes cuixes esculpides i uns turmells salmó, ben bé fins als seus peus perfectes de la mida d'una mà i les seves ungles de color préssec.

Després arriben els somriures. Un per un, ens esberlen les galtes. Fem una onada de somriures babaus. Ens desvestim mentre els nostres membres es belluguen amb alegria i les nostres boques no paren.

—Us estimo a tots —diu el Jonah.

—La gent s'estima la guerra i els diners —dic jo.

—Ens hauríem d'estimar els uns als altres. T'estimo.

La Jenna es gira cap a mi i m'abraça molt fort. Jo li fico la llengua a la boca i la bellugo.

—La guerra i els diners em poden mamar la polla.

—Casem-nos tots.

—Confeti!

Noto les pessigolles de la terra que em cau al cap. La Jenna n'està llançant grapats pels aires.

—També m'estimo el Polly.

—També m'estimo el Pollyolly.

—L'hi hauríem de dir!

—Casem-nos-hi! —Més terra al damunt del meu cap, el coll.

—Que nedi, hauria de nedar amb nosaltres.

—O nosaltres hauríem de nedar amb ell.

Tot es desdibuixa i es converteix en una taca de so i de color. Sóc una supernova que esclata en una explosió de bona voluntat.

Formem un cercle al voltant del Polly, que encara és a dalt de la seva roca, fumant. Som lleons enamorats que envolten una gasela ferida. Ell posa cara de resignació i de certa diversió. Potser és cara de temor, no ho sabria dir. Tot sembla meravellós.

—Polly ets extraordinari —diu la Susan.

—Sisplau neda.

—Neda.

—Amb nosaltres.

—Ens sap molt de greu tot.

—Ets un superhome.

—Superhome.

—Uh, gràcies —diu el Polly, que es belluga inquiet dalt de la roca.

—Follaré amb tu, ho vull.

Veig una mà que va per agafar l'entrecuix del Polly. Tots ens hi abraonem per abraçar-lo a cinc bandes, cosa que li fa fer un soroll estrany i sortir corrent cap als arbres. Riem com animals i ens llancem a l'estany d'aigua fresca i de color maragda.

L'aigua fa la mateixa sensació que guanyar un important premi en metàl·lic. S'escola sota la nostra pell i ens converteix en espelmes. Tot és brillant i bo.

—No som la generació internet!

—A la merda.

—Que se'n vagin a la merda!

—A la merda les televisions!

—I el Twitter.

—I Formspring.

—Què és Formspring?

—És igual.

—T'estimo, Jonah.

—T'estimo, Jasper.

—T'estimo, Jenna.

—T'estimo, Susan.

L'aigua és poc fonda i tots fem peu, però comencem a saltar-hi. Parets d'aigua creixen i s'estavellen, em passen pels cabells i m'omplen la boca. Tenim les llengües tacades de verd. Riem i riem.

M'estrenyo contra la Jenna. Els seus ulls se'm fiquen a dintre. Els seus pits contra el meu pit em fan ser conscient del fet que són les úniques parts del seu cos que no encaixen en el meu. M'agradaria tenir uns grans forats al pit perquè les seves tetes se m'hi fiquessin i poguéssim estar encara més junts.

Ens freguem els nassos.

—Esquimals —xiuxiueja.

Jo crido.

Ella riu.

Caiem d'esquena a l'aigua, jo damunt seu, fins que ella arriba a la llera de l'estany, recargolant-se. Quan tornem a sortir a la superfície les nostres galtes s'inflen amb encara més rialles. La Jenna està preciosa. L'aigua bruta li ha deixat els cabells llisos i foscos. Semblen xocolata desfeta.

El Jonah i la Susan encaixen els seus cossos a l'altra banda de l'estany. Ella fa uns grunys com els que faria un cavall moribund i ell té els ulls tan oberts com si entremig dels arbres hagués acabat de veure el seu avi mort vestit de dona i fent un striptease a la falda de la reina d'Anglaterra.

Poso una mà a cada banda de la cintura de la Jenna i deixo que la meva pelvis avanci per sota aigua com si sentís la banda sonora de *Tauró*. Ella m'enterra la cara al coll i després puja enlaire fins a arribarme al lòbul de l'orella, que mossega. Sang. Jo crido i m'aparto.

—Em sap greu —diu ella—. No puc.

Me'n torno nedant al nostre paisatge de roba escampada i em poso els bòxers. Ara sé com es deu sentir el Ping. Agenollat a la roca del Polly encenc el porro que el Jonah ha oblidat. Me'ls miro follar. La mefedrona encara em pinta les entranyes de color rosa i per tant ho veig com una cosa bonica. Em fa pensar que el que la gent desitja més és penetrar-se els uns als altres. No només estar amb altres éssers humans, sinó estar a dintre d'altres éssers humans. Sotmetre's a d'altres humans. Lliurar-te, nu i sincer a un altre humà. Deixar que la teva boca parli amb sons animals a la cara d'aquell altre humà. Escoltar com aquell altre humà et parla a tu amb altres sons.

Cinc minuts després el Polly surt d'entre els arbres i se'm queda dret al costat, amb un cigarret penjant a la boca. Es passa els dits pels cabells.

—Està ja? —diu.

—Sí, falta poc.

—Peddó?

—Sí.

—Sí?

—Sí.

Sé que se m'està passant perquè el seu accent em comença a cabrejar.

El Polly llença el cigarret a l'aigua i encreua els braços.

—Ara anem —diu, en veu alta però sense cridar.

La Jenna ho esquitxava tot, i el Jonah i la Susan estaven arraulits i prou, o sigui que riuen una estona fins que la droga deixa de fer efecte i després surten de l'aigua. Mentre es vesteixen i proven d'encendre cigarrets jo intento treure informació al polonès sobre qui hi ha a la festa.

—Quines noies hi ha, doncs? —pregunto, assenyalant cap als arbres amb el cap.

—Peddó?

—Noies?

Ell assenyala el cul nu de la Jenna, del color de la carn de pollastre cuit.

—Sí.

—Hmm. —Mira al voltant com si hi busqués respostes.— Pakpak. Bac... bac... buc.

—Què?

—Buc... bcrrrr...

Ho deixo estar i vaig a gorrejar un cigarret al Jonah, a mi se m'han acabat. Tinc l'esperança que hi hagi un munt de femelles, tant hi fa això de la Jenna. Tampoc era tan maca. Era estranya i feliç i avorrida.

—Nemnem —ordena el Krasicki, que comença a desfilar pel bosc a pas lleuger. I nosaltres el seguim.

## CAPÍTOL 30

LA CASETA DE CAMP propietat dels pares de l'Amanda Forthwart es diu Chinkapin Farm. És gran i baixa i està pintada d'un color entre el rosa i el taronja. La façana està coberta d'enreixats plens d'heura.

La gent forma cercles i fuma i beu llaunes de cervesa. Les portes i les finestres de la casa són ben obertes. No reconec gaire gent. No veig la Georgia Treely.

A dins, les catifes ja estan adornades amb fang i esquitxos de cervesa i puntes de cigarret. Hi ha gent als sofàs i asseguda a terra amb les cames encreuades.

—Pugem a dalt —dic al Jonah. Me l'emporto lluny de la Susan i la Jenna. Si no puc follar amb ella no vull estar a prop d'ella.

Trobem un dormitori de convidats a dalt amb paper pintat de flors. L'única persona que hi ha és una noia rossa inconscient al damunt del llit. Ens asseiem a la catifa i encenem el fogonet de gas per cuinar la ketamina.

Quan el líquid es torna pols fem les ratlles al damunt d'un llibre en rústica de la Danielle Steel que hem agafat d'una lleixa que hi havia al dormitori. Ens en fotem dues per cada forat del nas i ens ajaiem. Les gotes em baixen per la gola com si fossin llimacs.

—Jasper —diu el Jonah.

—Sí.

—Abans estava estrany perquè estava pensant.

—Sí.

Sento la seva veu però de fet no entenc les paraules. Encenc un cigarret i em miro les línies a través de les mans.

—Estava pensant que l'any que ve és l'últim. I que després fotem el camp de casa. I vull dir que no el puc suportar aquell lloc, però és que hi hem viscut, doncs, tota la puta vida.

—Jonah?

Es posa les mans als ulls.

—Sí.

—Tens por?

—No —diu, i es mira la noia del llit—. Vés a la merda.

—Sí que en tens —li asseguro. Tothom en té.

—No siguis marica.

—Jo tinc poc —li dic. Sóc sincer.

—En tens?

—Sí. —Encenc un cigarret.— A la merda l'exèrcit, anem a viure a França. Robarem menjar i ens follarem les noies dels pobles. O podem anar al Canadà i trobar una cabana de troncs a la vora d'un llac i omplir-la de vi i de ties porques.

—Jasper —diu ell—. M'allistaré a l'exèrcit. Ara toca fotre l'imbècil, després toca fer alguna cosa que valgui la pena. No es pot fotre l'imbècil tota la vida.

—Per què no?

—Perquè si ho proves de fer acabaràs com els pares de la Tenaya.

Em miro les mans. Totes les línies ballen.

—D'acord —li dic.

—Vols una altra ratlla?

—I tant.

—Després hauríem de baixar.

—D'acord, he de seduir la Georgia Treely.

El Jonah riu.

Després de fer més ratlles no baixem. Ens ajaiem i ens mirem el sostre. El guix forma petites ones. Una aranya de cristall modesta penja damunt els nostres caps, i escura les últimes restes de llum que entren per l'única finestra de l'habitació.

La noia rossa es desperta i es passa la mà pels cabells i baixa del llit. Ens mira amb uns ulls vidriosos i llunyans que no tenen res a dintre.

—Vols una ratlla? —diu el Jonah.

Ella fa que sí.

M'agradaria saber qui és. M'agradaria saber si alguna vegada s'està al llit i es clava bufetades a la cara només per assegurar-se que encara ho pot fer. M'agradaria saber què veu dins el seu cap quan prova de pensar què passarà després.

Li preparo una ratlla i ella l'esnifa. Torna a perdre el coneixement, aquest cop a la falda del Jonah. Ell se la treu de sobre i la deixa a terra.

—Anem cap a baix —diu el Jonah.

El Ping, la Tenaya i l'Ana ja han arribat. El Ping està assegut al costat de la tele amb la Tenaya, l'Ana i sis o set nanos més al voltant. Té un carregador de gas per fer nata muntada i està buidant càpsules platejades d'òxid nitrós amb forma de bala a dins de globus de colors.

Els globus d'òxid nitrós són una experiència religiosa. T'arrenquen del teu lloc a la Terra i et posen al bell mig del no-res. Deixes de tenir mans o peus o cap. Tot fa eco. Tot fa eco. Tot passa molt i molt a poc a poc i a batzegades, com si estiguessis veient un vídeo de YouTube amb una connexió sense ADSL. Només duren mig minut, més o menys.

Es poden comprar carregadors i càpsules per internet i no és gaire car. A vegades se'n diu «crack hippy».

M'assec al costat de la Tenaya. Torna a tenir els ulls humits. Potser s'ha mort algú altre. Potser algú altre ha saltat del planeta. La Tenaya és un ésser humà molt emocional. Tots els éssers humans són molt emocionals. Jo sóc molt emocional però no ho demostro perquè si ho fes la gent pensaria que sóc dèbil i m'atracarien emocionalment.

—Hola —diu la Tenaya.

—Què passa? —pregunto.

—Fa molt de temps que no prenc òxid nitrós.

—Què passa? —torno a preguntar.

La Tenaya assenyala per damunt de l'espatlla. Per la porta oberta veig el Tom fumant a fora al costat d'una noia amb un vestit morat. S'agafen de les mans. La noia no porta sabates.

—Aquell és el meu vestit —diu la Tenaya.

—Capullo —dic jo.

—Sí.

Poso la mà al cap de la Tenaya i la despentino afectuosament. Estic fent que se senti millor.

—Para, Jasper.

—Val.

El Ping ens passa globus a tots dos. Algú posa la cançó «Grow Up And Blow Away» de Metric. La música és una part molt important de l'òxid nitrós. És com una lleixa des d'on veus les coses. La cançó sona molt fort.

Si això és la bona vida
Per què tinc tantes ganes de matar-me avui mateix?
De blau a gris
Fes-te gran i esclata en mil trossets...

El Ping compta fins a tres. A la de tres tots buidem els pulmons i ens posem les embocadures a la boca i comencem a inhalar i a exhalar el gas, que té un gust agradable. Veig la Tenaya a la meva esquerra. Té els ulls tancats. Aviat no puc veure res.

Tot el que veig i sento queda reduït a una sèrie de cercles borrosos que fan rotacions i més rotacions. La cançó s'alenteix i es torna ambient. Altres sons es gronxen i es repeteixen i salten.

La lletra de la cançó s'alenteix fins que queda immòbil i suspesa en l'aire davant meu. Fer-se Gran i Esclatar en Mil Trossets. Estic assegut a la *a* de Gran. Gronxo les cames. Pujo per totes les lletres de la tornada.

La Tenaya riu però els seus ulls encara estan vermells. Les coses recuperen la claredat. Se sent riure a tot arreu. Tothom s'ha aixecat d'un salt i s'abraça i crida visques com si acabéssim de guanyar una guerra.

## CAPÍTOL 31

EM TROBO BÉ. 1.30 AM. Sóc a la cuina parlant amb una noia que creu en els àngels. Em diu que la meva aurèola és blava. Jo li dic que ella no sembla pas que en tingui. Apareix el Ping. M'arreplega el braç i em diu que vagi amb ell a l'armari de sota les escales. Em diu que necessitaré una cervesa.

L'armari fa olor d'humitat. És completament fosc perquè el Ping tanca la porta. Teclejo alguns botons del meu mòbil perquè faci llum.

—Que em vols fer un petó? —dic jo.

—Vés a la merda.

—Doncs què?

—És l'Abby Hall —diu el Ping. Fa un glop de la seva cervesa.— El nen que ha de tenir.

Escupo la cervesa que tinc a la boca com un mal actor.

—Com cony ho saps, tu, això?

—L'Abby ho va dir a l'Ana.

—I per què cony ho va dir a l'Ana?

—L'Ana no cau bé a les noies. S'ha de conformar amb qualsevol amiga que trobi. Escolta, vols que et digui la notícia o no?

Alguna cosa petita se'm mor a dins de l'estómac.

—No ho sé. —Sí que vols.

M'acabo la cervesa.

—D'acord.

—És del Ben McKay.

Crido de riure. Confeti. Això és genial. És de la millor manera que haurien pogut anar les coses. Recupero la compostura.

—Què? Quan?

—A la festa de la Carrie Waterman.

—Però l'Abby estava castigada —dic jo—. Com hi va anar?

—És veritat —diu el Ping—. Però el Ben McKay li va dir que l'estimava i ella es va escapolir per anar-lo a veure.

Torno a riure ben fort.

—Per què li va dir això?

—Havia sentit a dir que ella es deixava.

—És veritat.

—Jasper?

—Sí.

—Per què no vas dir res?

—No ho sé, no hi volia pensar.

—Vale.

—Ja t'has follat l'Ana?

—No.

—Oh.

—Em comença a ser igual.

—De debò?

—Sí.

—Que estrany.

—Sí.

—Sortim.

—Val.

## CAPÍTOL 32

COMENÇO A TROBAR-ME MALAMENT. On és la Georgia Treely? Sóc un ésser humà molt borratxo. El Pla Georgia. No seré papa. 2.35 am. Fa una o dues hores que no veig la Tenaya. Decideixo anar-la a buscar.

No és a la cuina, ni als armaris de la cuina, ni als coixins del sofà, ni a la tele, ni a cap dels dormitoris del pis de dalt. La gent no està apilonada a terra dormint, encara. La gent encara beu i folla. La casa encara és plena de volum al màxim.

La Tenaya segurament és a fora.

Me'n vaig a seure al lavabo. M'assec al vàter i em miro les mans. Les línies ballen. Els plecs que em travessen els dits tenen espasmes.

Un soroll a l'altra banda de l'habitació.

L'armari de la caldera.

Obro les portes i trobo a la Tenaya arraulida entre les capes d'aïllant al costat de la caldera. Hi ha prou espai perquè jo pugui cabre al seu costat. És com si fóssim dins una caixa d'aire tropical. Té posat l'iPod. Li trec l'auricular de l'orella dreta i me'l poso a l'esquerra. Bon Iver. Els seus ulls són estuaris. Com a mínim no s'està atacant físicament.

Ens estem una estona asseguts i prou. Ja sé per què plora. Em sento sentimental. Plora pel Tom però també plora pel que representa el Tom: el fracàs. Tots fracassem sovint. Fracassem els uns per als altres i fracassem per a nosaltres mateixos. La mama va fallar al papa, el Keith va fallar a la Margaret, la Tabitha va fallar a la Vida, el Tom va fallar a la Tenaya, el Jonah va fallar a unes trenta noies. Suposo que jo vaig fallar a l'Abby. Em sap greu, Abby.

Més o menys mitja hora després comença a ploure. L'aigua pica a la paret que tenim darrere el cap com si tingués una bufeta de la mida d'una moneda i nosaltres estiguéssim asseguts a l'únic vàter que quedava lliure. Pluja persistent, d'acer. El soroll de la pluja no fa joc amb l'aire de sauna que ens envolta. És com una nena que s'hagués fet sang al genoll quan tu estàs al llit ben calentó i llegint *Harry Potter*.

Quan estàs trist i després plou, se'n diu fal·làcia patètica. Com a *Macbeth,* quan mor Duncan i hi ha una tempesta. La fal·làcia patètica en la vida real és com si la Mare Naturalesa es mostrés insensible. Fa que les coses empitjorin. Per aquesta raó, ara mateix, no crec pas que a la Mare Naturalesa se li hagi de dir Mare

Naturalesa. Se li hauria de dir Keith Naturalesa o Tom Naturalesa o Cabrona Naturalesa. El meu cap de vidre s'ha trencat i la Tenaya està trista. Les mares no es pixen a sobre de la gent quan la gent se sent d'aquesta manera, sinó que els abracen i maleeixen els seus enemics.

Agafo la meva bosseta de mefedrona i en trec dues puntetes de targeta de dèbit per a cadascun per arreglar-ho tot.

Encenc un cigarret.

La Tenaya em posa el cap al pit. Noto com la humitat de les seves galtes em mulla la camisa.

—Estàs bé? —pregunto.

—No ho sé. —Em treu el cigarret de la boca i en fa una calada.— Em sento estranya.

—Sí —dic jo—. Ja ho sé.

La Tenaya aixeca el cap. Em mira molt directament als ulls amb els seus ulls. Està provant d'entrar a dins del meu cos d'alguna manera. Hi entrarà i s'hi amagarà.

Se m'acosta més i em besa.

És una cosa estranya de fer però tampoc massa estranya perquè no sembla la Tenaya, sembla una taca borrosa i humida. No estic pensant en qui és ni en què significa, només estic pensant a estar a prop d'un altre cos humà.

Ens morregem més. Ho fa molt segura d'ella mateixa.

Obre de cop les portes de l'armari de la caldera. Sortim i ens fiquem a la banyera buida. Ella hi colloca el seu cos. És un fetus gran en un úter de plàstic blanc. S'ha abaixat els pantalons, que pengen del seu encantador peu esquerre.

No ho hauria de fer.

M'ajec entre les seves cames. Faig moviments senzills i agradables amb la pelvis. La seva boca s'obre. Aixeca el cap, que colpeja contra les aixetes. Ho faig el millor que puc.

Després m'incorporo i ella jau amb el cap al meu pit. M'adono que hi havia bassals petits d'aigua a la banyera. Hi ha mapes d'aigua a la tela dels meus pantalons. Els seus cabells estan molls. Molls com els d'una noia que s'ha ofegat a l'oceà. Una nena petita. I per accident. I només un cop.

I hi ha llàgrimes als meus ulls perquè, no sé per què. Noto que les mans em tremolen. El cor em batega ràpidament. Encara té la cara enterrada al meu pit.

I m'adono que ho he fet.

M'he rosegat les ungles fins que m'hi he fet sang.

M'he penjat amb un mitjó de rugbi.

He assassinat la meva exdona.

Com a mínim ara ja no seré papa.

Surto de sota seu i me'n vaig del lavabo.

# CAPÍTOL 33

MIRO L'HORA AL MÒBIL. 3.11 AM. Em miro la paret. Torno a mirar l'hora al mòbil. 3.12 am. Hi ha una llauna mig plena de cervesa al damunt de la tele, i l'agafo. He fet tres voltes a la casa i no he pogut trobar la Georgia Treely. El cap no em para quiet. No se m'hi queda res a dintre. Un noi i una noia que no conec estan abraçats al sofà. La noia fa uns sorollets petits i aguts.

Com que no vull tornar a veure gent follant, surto a fora. L'aire és fred i negre. Em fa mal a la gola. Hi ha gent adormida a dins dels seus cotxes, abrigats amb mantes, abraçats d'esquena l'un amb l'altra.

Segueixo el camí vorejat d'arbustos que se'n va cap als camps. Rebota prou llum de la lluna per il·luminar-lo.

Camino una estona i després m'aturo. Se senten sorolls al darrere d'una secció d'arbustos. Hi ha roba i sabates a la vora del camí.

Fico el cap entre els arbustos. Carai. El Tom i la seva nova nòvia estan follant damunt l'herba. Deuen tenir molt de fred. Té les natges de porcellana nues cobertes de pell de gallina.

Trec el cap dels arbustos i m'obro la bragueta. Apunto el penis cap a una de les sabates del Tom i l'omplo de pixum groc fluorescent. Això em fa sentir com si s'hagués fet justícia, més o menys. Segur que a la Tenaya li agradaria.

On ets, Georgia?

Vine amb el Jasper.

Sóc un mascle jove extremament inquietant.

Més avall sento altres sorolls que vénen d'un camp a l'altra banda dels arbustos. Són sorolls diferents. Semblen crits i renecs i mugits. Molt intrigant.

Travesso els arbustos. A l'altra banda dels arbustos el Ping, el Jonah i l'Ana estan despullats i corren amunt i avall al voltant d'un grup de tres vaques. Per què tothom es despulla? El Ping té un pal llarg a la mà i el persegueix una vaca. Jo ric.

Quan el Jonah em veu ve corrent i m'anima a treure'm la roba. Jo li dic que se'n vagi a la merda. No accepta anar-se'n a la merda com a resposta. El Jonah i l'Ana i el Ping em fan caure a terra i em comencen a treure la roba. Jo em barallo però estic rient. Crido que ja no seré papa. Em pregunto què es deuen haver pres. El Jonah i el Ping m'estiren els pantalons i l'Ana em treu la samarreta. Aviat sóc a terra només amb els bòxers i l'herba em grata les cames. El Jonah està provant de treure-me'ls però llavors una gran vaca de color caoba ve corrent cap a nosaltres.

Jo m'aixeco i em poso a córrer.

Comencem a córrer pel camp, lluny de la casa.

El Jonah s'atura.

—Què? —dic jo.

Assenyala lluny. Veig vagament una llum que es belluga. No tinc gaire bona vista. No em deixarien ser ni pilot ni caçador professional.

—És el puto pagès —diu el Jonah. Té la veu espantada però somriu.

—Escolteu —diu el Ping.

Ho fem.

Lladrucs.

—Té gossos.

Immediatament fem mitja volta i comencem a córrer cap a les vaques i la caseta de camp. Les vaques són molt menys terrorífiques que un pagès emprenyat amb gossos enormes.

Correm cegament en direcció oposada als lladrucs dels gossos. Només m'aturo per arrencar el meu jersei de la boca d'una vaca.

No m'aturo a buscar la meva altra roba.

No m'aturo fins que sóc al davant de la caseta i amb prou feines puc respirar.

L'Ana, el Ping i el Jonah no són al meu costat però no pateixo per ells. Estic segur que han pogut fugir.

Estic segur que no se n'han menjat cap. Fico les cames per les mànigues del jersei. Els bòxers em surten pel forat del cap.

A la sala d'estar de la caseta, m'aturo.

Georgia Treely.

Hora de posar en pràctica el Pla Georgia. Posar cara de sexy. Posar cara de segur de mi mateix.

Està asseguda tota sola al sofà amb el cap a les mans. Té els cabells plens de clips brillants. Sembla un niu de cuques de llum. Em vull posar les seves cuques de llum a les espatlles. Vull permís per tocar la seva pell i estrènyer-la fort i no pensar en el Keith ni la Tenaya ni la Tabitha Mowai ni l'Abby Hall encara que només sigui uns minuts. Miro fixament els seus peus i no dic res. Els ossos dels seus peus capten les ombres de la llum somorta que fa l'aplic del sostre. A la tele hi fan la segona pel·lícula de *Jackass*.

Per donar-me coratge, agafo de terra una llauna de cervesa mig buida i me l'acabo. D'això se'n diu agafar coratge a l'holandesa. És una expressió ofensiva per als holandesos perquè dóna a entendre que no són capaços de fer res sense beure primer.

—Hola, Georgia Treely —dic, dret directament davant seu.

—Ah, Jasper. Hola. —Em mira de cap a peus.— Jasper —diu ella—, per què portes un jersei a les cames?

—Per res —dic jo. M'assec al seu costat.— Estàs bé?

—Sí, no, no ho sé. Em trobo una mica malament. Em sembla que he begut massa. Normalment no bec.

—Oh —dic jo—. Em sap greu.

Li poso la mà a l'esquena i la moc amunt i avall. Estic demostrant empatia. L'empatia és seductora.

—Vols alguna cosa que t'ajudi a sentir-te millor?

—Droga no, no prenc droga.

—No, droga no. Home, una mica droga sí, però droga legal, o sigui com si fos cafè.

—La meva mare beu cafè.

—Genial, doncs pugem a dalt a fer un cafè.

Li agafo la mà i la porto cap a dalt.

A dalt, al dormitori de convidats, la Georgia Treely i jo prenem un parell de cafès molt grans. Li asseguro que la gent sempre es pren els cafès així de grans.

La Georgia Treely es mira la paret fixament una estona. M'imagino que el cap li deu fer bombolles perquè és la primera vegada que pren alguna cosa.

Jo li dic que me la miro sempre a Psicologia i que vaig provar de parlar amb ella pel xat del Facebook però que ella no hi era. Ella fa que sí. Em toca la mà. Aquesta és la primera vegada que pren drogues. Es deu pensar que està enamorada de mi.

—T'estimo, Jasper —diu.

Està bé això? Sembla una mica dolent. Una mica poc ètic. Una mica violació potser.

Celebro mentalment un judici moral molt breu. Faig servir els personatges de *La revolta dels animals*.

Porc: Protesto enèrgicament. Això és espantós. Fer això seria com pixar-se a dins d'un gerro de porcellana de la dinastia Ming.

Gos: Protesto, està victimitzant l'acusat.

Porc: Protesto, només es pot victimitzar una víctima.

Rata: Confusió gramàtica!

Jutge: Irrelevant.

Vaca: El què?

Gos: Està força bona.

Porc: Molt bona, la veritat.

Jutge: Doncs endavant.

Jasper J. Wolf: Gràcies a tothom.

—Jo també t'estimo —li dic.

M'aixeco i vaig cap al llit. La noia inconscient encara hi és. L'aixeco i la deixo a terra. La Georgia Treely s'ajeu al llit. Jo m'ajec al damunt de la Georgia Treely. Vull que un holocaust nuclear només ens deixi intactes a la Georgia Treely i a mi.

Em sembla que és força evident què passa després i com n'arriba a ser de superbament meravellós.

# CAPÍTOL 34

SÓN LES 7.23 AM. TINC EL CAP CALENT I ADOLORIT. L'habitació és plena de llum dèbil i l'aire és tan pesant com el vidre. Em giro a l'esquerra. El cap de la Georgia Treely és al costat del meu cap. Sembla el cap més meravellós del món. Sembla una mica morta. Espero que no estigui morta. Em pregunto si tot això és una broma. Si algú ha posat un cap fals de Georgia Treely al meu costat perquè jo em desperti i em senti molt feliç fins que provi de fer-li un petó i m'adoni que és de plàstic. Burxo el cap amb un dit. No és de plàstic. Li faig un petó al front.

Algunes dones només són boniques per a determinats homes en determinats moments del matí amb una determinada llum. Aquest no és el cas de la Georgia Treely.

Llavors recordo què va passar ahir a la nit.

Sembla que podria haver-la violat. Vull dir que ella volia però segurament no volia voler. Va ser la droga que li va fer voler. Davant el tribunal diré que no en tenia ni idea. Davant el tribunal ploraré fins que em deixin anar.

Baixo del llit. Estic molt marejat. Tinc la roba a terra. Me la poso ràpidament i surto de l'habitació. Fujo de l'escena del crim.

Una noia passa corrent per davant de la porta just quan jo surto. Desapareix escales avall i surt de la casa. Té la cara d'algú que ha pogut fugir pels pèls de la mort. El Jonah surt a poc a poc de l'habitació amb un cobrellit a les espatlles.

—Què cony ha passat?

El Jonah em sacseja un paquet buit als nassos.

El condó catòlic.

Jo ric, molt fort.

—M'ha semblat divertit —diu—. No sé.

—Una cosa divertida no dura pas tant —dic jo—. Un nen dura segles.

—Ja ho sé. Una estupidesa. —Es pressiona les òrbites oculars amb les mans.— Ara me'n vaig a dormir. Bona nit, Jasper.

—Bona nit.

Aixeca el cobrellit de manera que li tapa la cara i torna a entrar trontollant al dormitori.

Hi ha gent adormida als passadissos i a les escales i al terra de la planta baixa. Dos nois de l'institut de Baccant encara estan desperts i fumen un porro a la cuina. Un em saluda amb el cap. Jo surto a seure a fora.

El cel és ample i blanc, amb un deix de verd menta de bon matí. Núvols roses s'empenyen els uns als altres i s'aparellen. Es mouen en equips lents per les vores dels camps. Tot està molt silenciós. Els silencis més silenciosos sempre vénen després dels sorolls més sorollosos. Això és perquè el silenci et pot posar el braç a les espatlles i assenyalar el soroll just darrere i dir: «Mira aquella cosa comparada amb mi».

Dono la volta a la casa i trobo la Tenaya asseguda amb les cames encreuades al capó del cotxe del Ping. Fuma i té a la mà una tassa de te. Pujo al seu costat.

—Bon dia —diu.

—Sí —dic jo. Em passa la tassa i jo en faig un glop i l'hi torno.— Ahir a la nit va ser... —és tot el que aconsegueixo dir després.

—Ja ho sé —diu ella—. Tots dos estàvem espantats i tristos i borratxos. Ja en parlarem més endavant.

Em somriu.

—Tot va bé —diu.

—Sí.

—Què va passar després?

Empasso saliva.

—Uh —dic—. Res.

—Va, digues.

—D'acord. —La Tenaya sempre em pot fer confessar-ho tot.— Em sembla que he violat la Georgia Treely.

La Tenaya riu.

—No crec pas que hagis violat ningú, Jasper.

—Doncs li vaig fer prendre moltes drogues i després vam tenir relacions sexuals.

La Tenaya torna a riure.

—La majoria de relacions sexuals que tenen les noies adolescents són exactament així.

—No n'estic segur, em sembla que no està bé.

—No siguis imbècil. —La Tenaya s'acaba la resta de te d'un glop llarg.— Ara podem anar a buscar el Ping i fotre el camp d'aquí —diu.

—Sí —dic jo—. Em moro de gana, collons.

Voltem per la casa una estona abans de trobar el Ping i l'Ana adormits en un armari gran ple de mitjons. Despertem el Ping perquè ens porti a casa amb el cotxe perquè cap dels dos no volem haver de caminar fins al cotxe del Jonah. El Ping renega una estona quan el sacsegem per despertar-lo però s'adona que també té gana i accepta portar-nos.

El cafè on ens porta el Ping és un d'aquells llocs de plàstic tipus cuina, amb taules brutes de color malva i menús mal plastificats. Totes les cambreres són estrangeres. Parlen en esllavissades apressades de lletres dures. És sexy que unes noies maques parlin idiomes lletjos.

—Vull l'Esmorzar Ocell Matiner, sisplau —dic a la cambrera.

—El què?

—Uh, l'Esmorzar Ocell Matiner?

—Guè?

—UUU-SSEEE-LLL MAAA-TIII-NÉÉÉÉ.

Poso els llavis al voltant de les paraules com si estigués fent una mamada.

—EH? No'nteng.

Ja no ho trobo tan sexy.

Moc els braços com ales i després m'acosto les mans a la boca. Ella somriu. El Ping i la Tenaya riuen. Al final, ho assenyalo al menú.

Mengem ràpid i en silenci. Quan el Ping em deixa davant de casa només penso a dormir. La mama no pensa a dormir. La mama és al pas de la porta amb les mans als malucs.

# CAPÍTOL 35

La sala d'interrogatoris on em fan seure fa olor de fusta vella i cafè. Fa olor d'habitació on a la gent no li agrada ser. Fins i tot la pintura de les parets està provant d'anar-se'n. Jo me'n vull anar.

—Me'n vull anar —dic—. Estic molt cansat.

Davant meu hi ha un home que afirma que es diu Agent Holloway. Agent Holloway té un bigoti molt fi i uns ulls blaus molt grossos. Té les mans agafades i al damunt de la taula. M'està mirant. La manera que té de mirar-me és neutra. Tinc problemes per llegir el seu llenguatge corporal.

—Cal que entenguis que has fet perdre un munt de temps molt valuós a la policia —diu.

Està parlant del Keith. Diu que el Keith no és cap assassí i que jo em vaig equivocar perquè a vegades penso massa i massa fort i massa estona. Una manera d'explicar-ho seria dir que la meva imaginació és un riu que corre molt de pressa i el meu cos és una barca enmig del riu i la barca és arrossegada pel corrent però ha d'aprendre a no deixar-se arrossegar. Em fa mal el cap.

—Ho entenc —dic—. I em sap molt, molt de greu.

Ell s'aixeca. Jo m'aixeco.

—Torna a seure —diu.

Em torno a asseure.

—És broma —diu.

Agent Holloway té molt bon sentit de l'humor. Algunes de les persones més divertides del món són homes. La seva esposa és una dona molt afortunada.

M'acompanya fins a la porta de la comissaria i em despentina afectuosament.

—Porta't bé —diu.

Desitjaria que Agent Holloway fos el marit de la mama.

Trobo la mama asseguda als esglaons de la comissaria de policia. Està fumant. M'assec al seu costat.

—Mama? —dic.

—Sí, Jasper.

—Els cigarrets contenen quitrà que torna negres els pulmons i fa que es mengin ells mateixos —li informo.

—Sí, Jasper —diu, mentre esclafa el cigarret—. Gràcies.

—No hauries de tornar a fumar. Ja sé que estàs

estressada però m'imagino que tenir càncer encara és més estressant.

—Ja ho sé.

—Val —dic, i m'aixeco—. Podem anar a casa ara?

—Sí que podem.

La mama està enfadada amb mi per haver fet que arrestessin el seu marit però encara m'estima perquè sóc el seu fill.

## CAPÍTOL 36

SÓN LES 8.30 AM. EM DESPERTO. Radio 4 encara sona. Un home i una dona discuteixen sobre el futur del cinema en 3D. M'aixeco del llit i vaig al lavabo. A la dutxa tusso i tremolo. Tinc els pulmons espatllats pels grafits de cigarrets estrangers barats. L'aigua s'escalfa. El cap se m'aclareix.

Estic molt confós.

Em sento buit.

No em sento realitzat.

Però vaig follar amb la Georgia Treely?

Val.

La Georgia Treely és bonica. La Georgia Treely és sexualment atractiva. Un tribunal d'animals antropomòrfics va sentenciar que havia de follar amb la Georgia Treely. Vaig follar amb la Georgia Treely. El sexe ho és tot. El sexe és per als taulers d'anunci i per a les revistes. No és per prendre decisions importants de la vida. El sexe hauria de ser un subproducte d'alguna altra cosa. La Georgia Treely és una vaca que he mort per fer-ne cuiro. Només s'haurien de matar vaques per menjar-ne la carn.

Què vol dir tot això? És igual, com a mínim no seré papa.

M'asseco el cos i em vesteixo i baixo. El Keith està assegut a la taula de la cuina, llegint *The Sun*. Aixeca la vista.

—Hola —dic jo.

—Bon dia.

Quan vam tornar de la comissaria, el Keith em va dir que m'havia perdonat. És un home d'una fibra moral excepcional. De tota manera, ha deixat d'utilitzar aquells noms amistosos i paternalistes que feia servir abans amb mi. Hauré d'esforçar-me per recuperar la seva confiança i que em torni a dir col·lega, o campió.

Em serveixo un got de llet i me l'emporto al cobert al final del jardí. Trec la meva llibreta de darrere una pala i començo a treballar una altra vegada en la meva novel·la. La meva novel·la està gairebé acabada. És la història d'un jove que ha estat beneït amb molt de carisma i enginy, que prova d'esbrinar què se suposa que ha de fer i com se suposa que ha de fer-ho. Té tot el que jo volia: una mena d'escena de violació (perdó una altra vegada, Georgia), una mena de revelació (perdó una altra vegada, Keith) i una mena de lliçó.

Encara no sé quina és la lliçó, però tinc claríssim que n'hi haurà una.

Sóc Holden Caulfield, però menys temerari i més atractiu.

## CAPÍTOL 37

SÓN LES 3.28 AM. SEC AMB LA TENAYA al seu jardí. El sol és enorme i està molt a prop. Els galls canten. Hi ha una tetera entre tots dos.

La seva mare surt pels finestrals. Porta una samarreta que porta estampat «BOICOT ALS PRODUCTES ISRAELIANS». Porta un plat amb galetes de crema anglesa.

—Gràcies, mama —diu la Tenaya. Està tan desconcertada com jo.

—Gràcies, senyora Enright.

—El papa se n'ha anat, Ten —diu la seva mare.

—Ja ho sé.

—S'estarà una temporada amb un amic.

—Tinc disset anys, mama. El papa i tu us divorcieu.

Els ulls de la seva mare es mig tanquen i s'omplen de llàgrimes. Esclaten i li rodolen galtes avall.

—Em sap greu —diu la Tenaya.

S'aixeca i abraça la seva mare. Jo m'aixeco i abraço la mare de la Tenaya per darrere. Les seves natges em fan pressió a l'entrecuix. Som un entrepà de mare de la Tenaya. No és moment per a ereccions. Penso en Terry Wogan, nu, fent judo amb Louis Walsh.

Un parell de minuts després es desempallega de nosaltres. Em despentina afectuosament.

—Està millor sense ell, senyora Enright —dic jo.

La mare de la Tenaya torna cap a la cuina. Nosaltres ens asseiem i mirem com comença a despenjar paelles dels ganxos de la paret. Aviat se sent al jardí l'olor de ceba fregida.

Poso la mà al damunt de la mà de la Tenaya, d'una manera sexy.

—Jasper —diu ella—, què fas?

—És per a la meva novel·la —dic—. Necessita desenvolupament dels personatges i resolució.

—Ah.

—Puc escriure que ens fem un petó?

—Si vols —diu ella.

—Val.

Ens fem un petó.